U0112585

国家古籍整理出版专项经费资助项目

唐 宋 小 品 丛 书

欧明俊　主编

陆游小品

〔宋〕陆游◎著　张真◎注评

中州古籍出版社

· 郑州 ·

前 言

陆游（1125~1210），字务观，号放翁，越州山阴（今浙江绍兴）人，是我国南宋时期杰出的爱国诗人，也是著名的词人、史学家和散文作家。他以其绝妙的创作艺术、崇高的思想境界、洒落的人格魅力，被梁启超先生盛誉为"亘古男儿一放翁"。

陆游学渊源颇深，祖陆佃、父陆宰都是学问渊雅且出仕为官之人，其母唐氏是唐介的孙女，唐介曾任参知政事。而他本人又少年早慧，以恩荫授登仕郎，可以说他的人生本应是一帆风顺的。然而，陆游在二十九岁参加锁厅试时，取为第一，名次在秦桧之孙秦埙之前，因此得罪秦桧。次年，参加礼部试，名列第一，又以论恢复而语触秦桧。从此被秦氏忌恨，只得闲居故乡山阴，直至三十四岁方初入仕途。

绍兴二十八年（1158），已三十四岁的陆游被任命为福州宁德县主簿，次年，调福州决曹，又过了一年，调至都城临安。绍兴三十二年（1162）六月孝宗即位，十月，赐陆游进士出身。乾道元年（1165），陆游调任隆兴府（今江西南昌）通判，第二年以"结交台谏，鼓唱是非"的罪名被罢官。乾道五年（1169）十二月，朝廷征召已赋闲四年的陆游，任为夔州通判。两年后，他又应召入四川宣抚使王炎幕府。乾道七年（1171）十月，王炎幕府解散。此后几年，陆游先后在川中的成都、蜀州、嘉州等地任职，直到淳熙二年（1175），好友范成大知成都，陆游入范成大幕府。二人诗酒唱和，成莫逆之交。有言官参劾陆游"不拘礼法""燕饮颓放"，范成大迫于压力，将陆游免职。陆游索性自号"放翁"，在杜甫草堂附近浣花溪畔开辟菜园，躬耕于蜀州。

淳熙五年（1178），陆游诗名日盛，奉召返回临安，受到孝宗召见，先后任命为福州、江南西路常平茶盐公事。后因被给事中赵汝愚弹劾，陆游愤然辞官，重回家乡山阴。闲居山阴五年之后，淳熙十三年（1186），六十二岁的陆游被任为朝请大夫、权知严州事。两年后任满入京，官升军器少监，掌管兵器制造与修缮。绍熙元年（1190），陆游升为礼部郎中兼实录院检讨官，陆游多次进言，痛陈备战、励治、减税、治民的道理，最终以"吟咏专嘲风月"之罪名被罢官。陆游再次离开京师，此后二十年，除了曾经短暂赴京参修国史外，其他绝大部分时间是在山阴的田园农村中度过的。嘉定二年农历十二月二十九日（1210年1月26日），陆游因疾与世长辞。临终之际，留下绝笔《示儿》作为遗嘱："死去元知万事空，但悲不见九州同。王师北定中原日，家祭无忘告乃翁。"

　　陆游去世时八十六岁，是中国文学史上少有的寿星，同时也是中国文学史上少有的高产作家和诗人。他一生笔耕不辍，诗词文俱有很高成就。其诗兼具李白的雄奇奔放与杜甫的沉郁悲凉，对后世影响深远。其词风格多样，有的清丽缠绵，真挚动人，与婉约派相近；有的慷慨雄浑，荡漾着爱国激情，是豪放一派，"其激昂感慨者，稼轩不能过；飘逸高妙者，与陈简斋、朱希真相颉颃；流丽绵密者，欲出晏叔原、贺方回之上"。（刘克庄《后村诗话续集》）陆游散文兼善众体，其中记铭序跋之类，或叙述生活经历，或抒发思想感情，或论文说诗，最能体现他散文的成就。《会稽续志》称："（陆游）学问该贯，文辞超迈，酷喜为诗；其他志铭记序之文，皆深造三昧；尤熟识先朝典故沿革、人物出处；以故声名振耀当世。"

以《老学庵笔记》为例，该书记载了大量的遗闻故实、风土民俗、奇人怪物，考辨了许多诗文、典章、舆地、方物，所录或多属本人及亲友见闻，或对所述人事多有议论褒贬，在看似轻松诙谐的笔调中隐藏着极为深刻的思想内涵，是宋人笔记中的佼佼者。陈振孙《直斋书录解题》称："生识前辈，年登耄期，所记见闻，殊可观也。"《四库全书总目提要》称《老学庵笔记》："轶闻旧典，往往足备考证。"陆游的后辈同乡李慈铭则在其《越缦堂日记》中盛赞："放翁此书，在南宋时足与《猗觉寮杂记》《曲洧旧闻》《梁溪漫志》《宾退录》诸书并称。其杂述掌故，间考旧文俱为谨严；所论时事人物，亦多平允。"《斋居纪事》也是笔记小品，现存内容主要涉及三部分：一是有关笔墨纸砚，二是有关晒书及照书灯烛，三是有关饮食。原为书法帖，为明人袁褧发现，抄录在他的《嘉艺录》里，后来又由毛扆从《嘉艺录》里检出。原帖多有涂抹，且有缺字，因此，袁、毛二氏所抄检者，是否为陆游所作《斋居纪事》之全文，尚无法断定，然观其所存者，亦可知陆游闲笔之妙也。

陆游佳作极多，限于篇幅，只得割爱。本书精选陆游小品文七十余篇，这些文章的创作时间横跨半个世纪：起于宋高宗绍兴二十七年（1157），陆游三十三岁，即出仕前一年；迄于宋宁宗嘉定元年（1208），陆游八十四岁。这半个世纪，也正是他走出个人生活、走向仕途、最终又回归本真的半个世纪。全书按照创作时间分为三卷，每卷取陆游一句诗作为标题：卷一"早岁那知世事艰"，卷二"此行何处不艰难"，卷三"莫笑狂生老更狂"。另外，《放翁自赞》（四则）作于人生不同时期，是他在不同年龄阶段对自己的评价，一定程度上也是陆游的一个小传，我们将其作为全书首篇。

本书选文据钱仲联、马亚中主编的《陆游全集校注》（浙江教育出版社，2011年版），每篇选文皆出注释，并略作赏读。《老学庵笔记》《斋居纪事》每篇原无标题，为检阅之便，皆自拟标题，力求与原文意趣相符。因学识有限，错漏之处，尚祈方家赐正。

陆游曾做过我家乡瑞安的县主簿，入列瑞安名宦祠。瑞安还有多处纪念陆游之所，如旧县署西有陆公祠、放翁亭，两者连檐而建，祠前为亭。瑞安近年新建的明镜公园，其名也取自陆游诗《泛瑞安江风涛贴然》（一名《过瑞安江》），诗曰："俯仰两青空，舟行明镜中。蓬莱定不远，正要一帆风。"邑人将陆游的主簿署址改为"瑞安公园"，陆公祠、放翁亭等皆为园中之重要景物。借辟建公园之际，取陆游此诗之语，以名桥、池、阁、厅，曰：仰青桥、明镜池、蓬莱阁、一帆厅。

或许是有了这样的因缘，从少年时代起，我就爱读陆游，写毕此书，好像是了了一桩深埋心底许久的心事。掩卷忽又长叹，好似前缘尚未曾了……

噫！亘古男儿一放翁！

张　真

目　录

放翁自赞 （四则）

其一

　　遗物以贵吾身①，弃智以全吾真②。剑外江南③，飘然幅巾④。野鹤驾九天之风，涧松傲万木之春。或以为跌宕湖海之士⑤，或以为枯槁陇亩之民。二者之论虽不同，而不我知则均也。（淳熙庚子，务观自赞。时在临川，年五十有六。）

其二

　　名动高皇，语触秦桧。⑥身老空山，文传海外。五十年间，死尽流辈。老子无才⑦，山僧不会⑧。

其三

　　皮葛其衣，巢穴其居。烹不糁之藜羹⑨，驾秃尾之草驴。闻鸡而起，则和宁戚之牛歌⑩；戴星而耕，则稽汜胜⑪之农书。谓之瘁则若腴，谓之泽则若癯，虽不能草泥金之检⑫，以纪治功，其亦可挟兔园之册⑬，以教乡闾者乎？（周彦文⑭令画工为放翁写真，且来求赞，时年八十。）

其四

进无以显于时，退不能隐于酒。事刀笔⑮不如小吏，把锄犁不如健妇。或问陈子⑯何取而肖其像，曰：是翁也。腹容王导辈数百⑰，胸吞云梦者八九⑱也。（陈伯予命画工为放翁记颜，且属作赞。时开禧丁卯，翁年八十三。）

【注释】

①遗物以贵吾身：泯灭物我的界限，舍弃对外在事物的执着，以保养自己的身心为重。

②弃智以全吾真：抛弃智巧，以保全自己最初的那份天性。

③剑外江南：即蜀中和江南。剑外，四川北部有剑门关，关南的蜀中地区称剑外。陆游此前在蜀中将近十年，此时任提举江西常平茶盐公事，治所在今江西抚州，

属广义上的江南地区。

④幅巾：不戴帽子，用方巾束住头发。是儒雅潇洒的装束。

⑤湖海之士：形容豪放的江湖游侠。

⑥"名动"二句：意指作者二十九岁遭秦桧所黜之事。陆游于宋高宗绍兴二十三年（1153）参加锁厅试时，被取为第一，秦桧之孙秦埙则列为第二，秦桧大怒。次年，陆游参礼部试，名列第一，为秦氏黜落。由此，陆游被秦桧嫉恨，仕途受阻。详见《宋史》本传。

⑦老子无才：这里指学道，意即无学道之才。

⑧山僧不会：这里指学佛，意即不能领会佛法的妙旨。

⑨不糁（sǎn）之藜羹：即没米的藜菜羹，泛指粗劣的食物。糁，米粒。

⑩宁戚之牛歌：宁戚，春秋时卫国人，少时家贫，怀才不遇，为人挽车，曾自作《饭牛歌》。后为齐桓公所重用，任齐国大司田。

⑪氾胜：即氾胜之，西汉农学家，著有农学著作《氾胜之书》。

⑫泥金之检：古代帝王举行封禅仪式时所用的玉牒，用金缕包裹，用水银、金屑泥封。这里泛指重要的官府文件。

⑬兔园之册：即《兔园册府》，古代启蒙读物之一。这里泛指浅显易懂的书籍。

⑭周彦文：即周纪，周必大之子，陆游的孙女婿。

⑮刀笔：指公文案牍。

⑯陈子：即陆游之友陈伯予，此赞系陈氏请画工为陆游画像，并请陆游自题像赞。

⑰腹容王导辈数百：《世说新语·排调》："王丞相枕周伯仁膝，指其腹曰：'卿此中何所有？'答曰：'此中空洞无物，然容卿辈数百人。'"本句意谓陆游像周伯仁（周颛）那样胸襟宽广，腹中可容像王导那样的大人物数百人。

⑱胸吞云梦者八九：形容气概极为博大。司马相如《子虚赋》："吞若云梦者八九于其胸中，曾不蒂芥。"

【赏读】

赞，是古代一种文体，一般是对某人或对某事的赞颂，如像赞、赞评等。从宋代开始，"自赞"逐渐流行，我们所熟知的苏轼、黄庭坚、杨万里、陈亮等名家，都有自赞传世。按照"赞"这种文体的本意，"自赞"就应该是自己赞颂自己，但如果真的这样自吹自擂、自卖自夸，则又不免自掉身价，甚或令人作呕，适得其反。因此，作者在"自赞"时往往要煞费一番苦心。既要

"赞"出自己的与众不同，又不能显得过于露骨；既要"自赞"，又要略带一点"自嘲"。而佛门偈语式的偈赞，就成了最好的选择。偈赞可以一本正经，也可以嬉皮笑脸；可以把自己踩在地，也可以把自己捧上天。在雅俗相杂、散韵结合的用语里品味其中的禅机，实属妙不可言。放翁老先生的这四篇自赞，就是经典之作。

第一篇赞作于宋孝宗淳熙七年（1180），作者五十六岁。早在四年前，他就带着"放翁"这个我们今天所熟知的别号离开了蜀中，结束了他一生中唯一一次亲临前线的军旅生涯。他自称"放翁"，当时是颇含着一把辛酸泪的。所谓放翁，就是放浪形骸、甚至是被放逐的老翁。事实确实是这样。在离开蜀中前，他任知嘉州事，有人告他在任内颓放，遂遭罢免，改主管台州崇道观。这是一个有职无事的闲差，也叫给祠禄。旋又除叙州事。未到任，又奉诏回京，除提举福建常平茶盐公事。到福建不满一年，又奉诏回京，改提举江西常平茶盐公事。不满一年，又奉诏回京，才到严州，许免入奏。未几，改给祠禄，回乡闲居。

第一篇自赞是他在提举江西常平茶盐公事的短期任上所作的。其实上述的频繁调任虽然只是这前后数年间之事，但却是放翁整个宦海生涯的缩影。放翁先生很知道得失、用舍、行藏、进退之间的微妙关系，所以他一开篇就说"遗物以贵吾身，弃智以全吾真"。物我两忘、贤愚不问，剑外也好，江南也罢，我就飘然束一幅巾，像野鹤乘驾九天之风，又好似涧松傲视万木之春。有人见我这样子，或以为是跌宕湖海之士，或以为是枯槁陇亩之民。等读者诸君都以为放翁会继续顺着他们说的时候，谁知老先生笔锋一转，呵呵一声，你们都错了，你们都不懂老夫！于是大家都惊呆了。正想知道老先生会说些什么，然而此篇已经戛然而止，留下的只有无限的回味。

第二篇自赞，作者没有署明年月，也没有说时年几何。但距他二十九岁遭秦桧所黜算来已有"五十年"，此时的放翁早已过了古稀之年。"五十年"前语触秦桧的往事，现在回忆起来可以很潇洒，但当时是怎么过来的呢？当年就名动高皇的陆游，此刻早已文传海外，但又怎么样？只不过是身老空山，于世何补？但要执着的老先生真的放空自己又谈何容易？有人说可以学道，学道老夫无才；有人说可以学佛，学佛老夫不会。那么，老先生可以做什么呢？这就是第三篇自赞要说的话题了。

第三篇自赞作于宋宁宗嘉泰四年（1204），陆游八十岁。暮年的放翁，生活算不上清苦，但也不能说富裕。因此，第三篇自赞开头就说自己穿的是皮葛之衣，住的是巢穴之所，吃的是没米的藜羹，骑的是秃尾的草驴。

闻鸡而起，戴星而耕，尚能自食其力，不须摇尾乞怜。你说他瘦，身上还有点肉；你说他胖，称起来其实也没几两。袖口里虽只剩下清风，肚子里倒还有些墨水，虽不能为皇帝封禅大典献泥金牒册之劳，不是还能给乡里蒙童教些识文断字之法嘛！

第四篇自赞作于宋宁宗开禧三年（1207），陆游八十三岁，即去世前两年。此篇立意更高，更带有自我总结的性质。老先生自认为自己这一生，进无以显于时，退不能隐于酒，玩弄刀笔不如衙门一小吏，下田耕作又不如农村一健妇。老友陈伯予请人给放翁画像，那么，很尖锐的问题来了：这样一个一无是处的老翁，你要画工怎么画？画什么？陈伯予笑道："不要慌！坐在你面前的这个老翁啊，肚里装得下数百个像王导那样的人物，胸中藏得住八九个气象万千的云梦之泽。"这话当然是放翁的自道，只不过借老友的口说出来而已。

将这四篇自赞合看，更可以体会出放翁先生自晚年以来心境的变迁与升华。第一篇还在似自嘲非自嘲、似自赞非自赞的欲言又止、欲说还休的阶段。说明他对仕途还有留恋，对家国还很放不下心。第二篇就转而公然以自嘲为主，学道、学佛让别人学去，我就是我。第三篇其已进入人生的最后一个阶段，老先生重回现实，天生我材必有用，起码还能教教村塾蒙童。第四篇，八十余年的岁月，在历史长河中确实不过是极为短暂的一瞬间，但对一个生命个体来说，无论在哪个时代都不算短。放翁何以能历经宦海沉浮，而始终保持微笑？以铜为鉴，可正衣冠；以古为鉴，可知兴替；以人为鉴，可明得失。放翁老先生的一生，是执着的一生；放翁老先生的一生，也是潇洒的一生！

卷一 早岁那知世事艰

疏一泉，移一石，
艺一草木，率以灞观之，
恍然不知身之客也。

云门寿圣院记

云门寺[1]自晋唐以来名天下，父老言昔盛时，缭山并溪，楼塔重复[2]，依岩跨壑，金碧飞踊，居之者忘老，寓之者忘归，游观者累日乃遍，往往迷不得出，虽寺中人或旬月不相觌[3]也。入寺，稍西石壁峰为看经院，又西为药师院，又西缭而北为上方。已而少衰，于是看经别为寺曰显圣，药师别为寺曰雍熙，最后上方亦别曰寿圣，而古云门寺更曰淳化[4]。

一山凡四寺，寿圣最小，不得与三寺班[5]，然山尤胜绝。游山者自淳化，历显圣、雍熙，酌炼丹泉[6]，窥笔仓[7]，追想葛稚川[8]、王子敬[9]之遗风，行听滩声[10]，而坐荫木影，徘徊好泉亭上，山水之乐，餍饫[11]极矣。而亭之旁，始得支径，逶迤[12]如线，修竹老木，怪藤丑石，交覆而角立，破崖绝涧，奔泉迅流，喊呀[13]而喷薄[14]，方暑，凛然以寒，正昼仰视，不见日景。如此行百余步，始至寿圣，崭然孤绝。老僧四五人，引水种蔬，见客不知拱揖，客无所主而去，僧亦竟不知辞谢。

好奇者或更以此喜之。

今年予来南，而四五人者相与送予至新溪，且曰："吾寺旧无记，愿得君之文，磨刻崖石。"予异其朴野而能知此也，遂与为记。然忆为儿时往来山中，今三十年。屋益古，竹树益苍老，而物色益幽奇，予亦有白发久矣，顾未知予之文辞亦能少加老否？

寺得额⑮以治平⑯某年某月，后九十余年，绍兴丁丑岁⑰十一月十七日，吴郡陆某⑱记。

【注释】

①云门寺：在绍兴城南三十余里处，始建于东晋，陆游少时曾读书于此。

②重复：重重叠叠，形容楼塔之多。

③觌（dí）：见，相见。

④"于是"四句：意为看经院独立于云门寺，自成一寺，名为显圣寺；药师院独立为雍熙寺；上方独立为寿圣寺；而古云门寺则更名为淳化寺。

⑤班：同等，并列。

⑥炼丹泉：相传葛洪曾在此炼丹。

⑦笔仓：实云门寺一枯井，相传王献之曾隐居于此练字。

⑧葛稚川（约281~341）：即葛洪，字稚川，自号抱

朴子，东晋著名道士、医学家、炼丹术家。

⑨王子敬（344～386）：即王献之，字子敬，王羲之子，东晋书法家、散文家、诗人。

⑩滩声：水激滩石发出的声音。

⑪餍饫（yàn yù）：原用来形容食物极为丰盛，此处指满足。

⑫逶迤：蜿蜒曲折的样子。

⑬喊呀：形容呼啸的象声词。

⑭喷薄：汹涌激荡。

⑮额：匾额，这里作题额之意。

⑯治平（1064～1067）：宋英宗赵曙的年号。

⑰绍兴丁丑岁：即绍兴二十七年（1157）。

⑱吴郡陆某：陆游祖籍吴郡，即今江苏苏州，故常有此自称。

【赏读】

此文作于宋高宗绍兴二十七年（1157），陆游三十三岁。

陆游早年的人生颇不顺利。二十九岁参加锁厅试时，取为第一，名次在秦桧之孙秦埙之前，因此得罪秦桧。次年，参加礼部试，名列第一，又以论恢复而语触秦桧，复为秦氏黜落。从此被秦氏忌恨，只得闲居故乡山阴，此文便作于此时。

　　有学者以为此文是陆游"赴福州宁德县主簿任，道经云门寺"时所作，盖可商榷。陆游初任福州宁德县主簿，事在绍兴二十八年（1158），彼时心境与此文有很大的不同。有其赴宁德途经温州瑞安时所作的《泛瑞安江风涛贴然》（一名《过瑞安江》）为证，诗曰："俯仰两青空，舟行明镜中。蓬莱定不远，正要一帆风。"这是陆游首次出仕，其内心的激动之情与远大的政治抱负，借助江天一色的广阔景象，在诗中表露得淋漓尽致。而反观此文则不然。

　　云门山是陆游儿时往来之所，至今三十年。"屋益古，竹树益苍老，而物色益幽奇"，且徜徉其间，"居之者忘老，寓之者忘归，游观者累日乃遍"，沿途更可以"酌炼丹泉，窥笔仓，追想葛稚川、王子敬之遗风，行听滩声，而坐荫木影，徘徊好泉亭上，山水之乐，餍饫极矣。而亭之旁，始得支径，逶迤如线，修竹老木，怪藤丑石，交覆而角立，破崖绝涧，奔泉迅流，喊呀而喷薄，方暑，凛然以寒，正昼仰视，不见日景"，似乎无限风光在山中。但是，他觉得自己老了，老得已经"有白发久矣"。受到排挤，看不到出路的陆游，经过儿时旧游之地，故有此今昔之慨。

　　走笔至此，笔者不禁想起前不久也曾重返那个让我度过少年时代的老屋。后与某友闲谈，友忽曰："兄有白发矣。"某愕然，若有所失。今又重览此文，不禁慨然。

灊亭记

灊山道人广勤①庐②于会稽之下，伐木作亭，苫之以茅③，名之曰灊亭，而求记于陆子。

吾闻乡居邑处，父兄子弟相扶持以生、相安乐以老且死者，民之常也。士大夫去而立朝，散之四方，功名富贵，足以老而忘返矣，犹或以不得车骑冠盖雍容于途，以夸其邻里，而光耀其族姻④为憾。惟浮屠师⑤一切反此，其出游惟恐不远，其游之日惟恐不久，至相与语其平生，则计道里远近、岁月久暂以相高。呜呼！亦异矣。勤公⑥之心独不然，言曰："吾出游三十年，无一日不思灊。"而适不得归，未尝以远游夸其朋侪⑦。其在灊亭，语则灊也，食则灊也。烟云变灭，风雨晦冥，吾视之若灊之山。樵牧往来，老稚啸歌，吾视之若灊之人。疏一泉，移一石，蓺⑧一草木，率以灊观之，恍然不知身之客也。

夫人之情无不怀其故者，浮屠师亦人也，而忘其乡邑父兄子弟，无乃非人之情乎？自尧、舜、周、孔，其圣智千万于常人矣，然犹不以异于人情为高，浮屠师独安取此哉？则吾勤公可谓笃于自信，而不移于习俗者矣。故与为记。

绍兴三十年十二月十二日记。

【注释】

①潜（qián）山道人广勤：即广勤和尚，字行之，潜山人。潜山，今属安徽。

②庐：结庐，居住。

③苫（shàn）之以茅：用茅草覆盖在亭子上。苫，覆盖，遮蔽。

④族姻：即宗族和姻亲。

⑤浮屠师：佛教徒，和尚。

⑥勤公：对广勤和尚的尊称。

⑦朋侪（chái）：朋辈，朋友。

⑧蓺（yì）：种植。

【赏读】

此文作于宋高宗绍兴三十年（1160），陆游三十六岁。

是年正月，陆游自福州北归，过温州，到临安行在任敕令所删定官。这是一个八品小官，主要负责官府各种政令文件的校对工作，因而他"系官都下，职事多闲，风雨芸窗，友朋颇广"。其所交之友较著名者有周必大、郑樵等。请陆游作此记的灆山道人广勤和尚，或是旧交，或是新知，虽难以确考，但从文中可以看出陆游对真正的佛教徒生活的羡慕与向往。

全文以一个"灆"字贯穿首尾。这个"灆"，原本来自广勤和尚的原籍灆山。广勤和尚本身也是一个妙人，他巧妙地用原籍地名"灆"，来命名他在会稽山下所构之亭，唤作"灆亭"。这里的"灆"既可以用来纪念原籍，同时又赋予它"潜"的新意。而陆游也紧紧抓住这个"灆"字，将广勤和尚与世人乃至普通出家人进行多方位的对比，以突显其世外高人的形象。广勤和尚说："吾出游三十年，无一日不思灆。"他出游三十年，不可谓不久，但从来不曾以远游夸示于人。在陆游看来，广勤和尚已无处不"灆"："其在灆亭，语则灆也，食则灆也。烟云变灭，风雨晦冥，吾视之若灆之山。樵牧往来，老稚啸歌，吾视之若灆之人。疏一泉，移一石，薙一草木，率以灆观之，恍然不知身之客也。"

记得笔者上大学的时候，学校在著名的海天佛国，寺院星罗棋布。其中离学校较近的祖印寺是我常去的，也曾体验过他们的早课、晚课。祖印寺并非藏身深山老林之中，而是坐落在闹市的正中心，格局完整，规模宏大，虽置身俗尘之间，却颇有动中取静之意趣。从喧嚣的尘世中暂时抽身出来，置身古寺之中，确如饕餮大餐之后的一盏清茶，实在妙不可言。

烟艇①记

陆子寓居，得屋二楹②，甚隘而深，若小舟然，名之曰烟艇。客曰："异哉！屋之非舟，犹舟之非屋也，以为似欤？舟固有高明奥丽逾于宫室者矣，遂谓之屋，可不可邪？"

陆子曰："不然。新丰非楚③也，虎贲非中郎④也，谁则不知？意所诚好而不得焉，粗得其似，则名之矣。因名以课实⑤，子则过矣，而予何罪？予少而多病，自计不能效尺寸之用于斯世，盖尝慨然有江湖之思⑥，而饥寒妻子⑦之累劫而留之，则寄其趣于烟波州岛苍茫杳霭之间，未尝一日忘也。使加数年，男胜锄犁，女任纺绩⑧，衣食粗足，然后得一叶之舟，伐荻⑨钓鱼，而卖芰⑩芡⑪，入松陵⑫，上严濑⑬，历石门、沃洲⑭而还泊于玉笥⑮之下，醉则散发扣舷为吴歌⑯，顾不乐哉！虽然，万钟之禄⑰，与一叶之舟，穷达异矣，而皆外物。吾知彼之不可求，而不能不眷眷于此也。其果可求欤？意者使吾胸中浩然、廓然，纳烟云日月之伟观，揽雷霆风雨之奇变，虽坐容膝之室，而常若顺流放棹，瞬息千里者，则安知此室果非烟艇也哉？"

绍兴三十一年八月一日记。

【注释】

①烟艇：烟波杳霭间的小舟。这里是陆游为自己在临安的居所起的室名。

②楹：古代计算房屋的单位。一说一列为一楹，一说一间为一楹。

③新丰非楚：汉高祖刘邦为楚地丰县人，称帝后都长安。高祖之父每念丰县故人，怅然不悦。汉高祖便在长安附近的郦邑修建了新丰，将丰县故人迁于此，然终非楚之丰县矣。事见《括地志》。新丰，在今陕西临潼东。

④虎贲（bēn）非中郎：蔡邕，东汉名士，官至中郎将，为王允所杀。他的朋友孔融一次在酒宴上看到虎贲郎（侍卫武士）的面貌酷似蔡邕，便邀请他和自己同坐，说："虽无老成人，且有典型。"

⑤课实：求实，落实。

⑥江湖之思：指有隐居之念。

⑦妻子：妻儿。

⑧纺绩：把丝麻等纤维纺成纱或线，此指女性从事

的手工劳动。

⑨荻：水边多年生草本植物，荻与芦同科异种，叶子较宽阔坚韧，古人常用它来编织席箔。

⑩芰（jì）：菱角。

⑪芡（qiàn）：水生植物名，又名鸡头。种子称"芡实"，供食用，亦可入药。

⑫松陵：即吴淞江，在今苏沪一带。

⑬严濑：即严陵濑，相传为东汉严子陵隐居垂钓之处，在今浙江桐庐南。

⑭石门、沃洲：皆山名。石门，在今浙江青田。沃洲，在今浙江新昌。

⑮玉笥（sì）：山名，在今浙江绍兴东南。

⑯吴歌：吴地歌谣，泛指江南民歌。

⑰万钟之禄：即指高官厚禄。钟，古代容量单位，六斛四斗为一钟。

【赏读】

此文作于宋高宗绍兴三十一年（1161），陆游三十七岁。

《烟艇记》以传统的主客问答形式写成，探讨的实际上是中国传统士人生命中一个永恒的话题——仕与隐，即入世与出世之间的矛盾及如何解决这个矛盾的问题。

陆游因被秦氏忌恨，只得闲居故乡山阴，直至三十四岁方初入仕途。初任福州宁德县主簿，旋调任福州决曹，三十六岁调任京师敕令所删定官，八品小官，职事多闲。次年七月调任大理司直兼宗正簿，也是八品小官。这篇《烟艇记》正是在这样的背景下写成的。

他把自己在临安的寓所取名为"烟艇"，而以虚设主客问答的形式，说明取名之缘由。三十七岁，早已过了而立之年，而陆游也已是四个儿子的父亲。然而，与此形成鲜明对比的是，他力主恢复中原的大志不仅没有得到丝毫施展的机会，相反，只能蜗居京城，做一名位卑言轻的闲散小官。这对少年早慧、胸怀大志的陆游而言，无疑是重大的精神打击，他因此想到了出世与隐居的生活。然而，对一个拖家带口的中年人来说，又岂能轻易地奔向自己的"江湖之思"呢？何况陆游这样一位深受儒家修身齐家治国平天下思想熏陶的传统士大夫，他如何能放得下"家"，更如何能放得下"国"？

诚然，泛舟江湖之上，时作山林之乐，这是中国士人自古已有的精神解脱。然而，这不过是在现实追求中受到打击之后的一种慰藉而已。当然，也正是因为有了这样的慰藉和调剂，中国古代思想才变得更加多元化，古代士人的为人处世之道才有了更多的选择。这不失为治愈逆境之伤的一剂良药，我国古代著名的文学家、思想家，诸如刘禹锡、苏东坡，包括陆游，都是深谙此道。他们凭借着这样的良方，迅速治愈伤痛，顽强挺立起来，于是才有了中国文学史上那些绚丽多彩的篇章。

跋杲禅师^①《蒙泉铭》

右妙喜禅师为良上人所作《蒙泉铭》一首。

往予尝晨过郑禹功^②博士^③，坐有僧焉。予年少气豪，直据上坐。时方大雪，寒甚，因从禹功索酒，连引径醉。禹功指僧语予曰："此妙喜也。"予亦不辞谢，方说诗论兵，旁若无人。妙喜遂去。其后数年，予老于忧患，志气摧落，念昔之狂，痛自悔责。然犹冀一见，作礼忏悔，孰知此老遂弃世而去邪！虽然，良公^④盖一世明眼衲子，不知予当时是，即今是，试为下一转语^⑤。

隆兴改元十一月五日，笠泽^⑥渔隐陆某书。

【注释】

①杲禅师（1089～1163）：即大慧禅师，字昙晦，号妙喜，又号云门，俗姓奚，宣州（今属安徽）人。宋代临济宗高僧，辩才纵横，鼓吹公案禅法，其禅法被称为"看话禅"。晚年驻径山，宋孝宗皈依之，并赐号"大慧

禅师"。著有《大慧语录》《正法眼藏》《大慧武库》等。

②郑禹功：陆游好友，湖州（今属浙江）人，擅诗，好与释子游。

③博士：这里指古代的学官。

④良公：即处良和尚，字遂翁，俗姓刘，会稽（今属浙江）人。处良曾为妙喜侍者，又是陆游的同乡好友，去世之后，陆游曾为他作《处良禅师塔铭》。

⑤转语：佛教用语。禅宗谓拨转心机，使之恍然大悟的机锋话语。这里指请处良和尚开解迷惑。

⑥笠泽：太湖的别称。陆游的祖籍、郡望在甫里（今江苏苏州吴中区甪直镇），地近太湖，故自署"笠泽"为故里。

【赏读】

此文作于宋孝宗隆兴元年（1163），陆游三十九岁。

陆游在这篇跋文里，其实是借着读妙喜的《蒙泉铭》而回忆起一段颇有戏剧性的往事，名虽为"跋"，但全文无一字与《蒙泉铭》有关。

之所以说是一段颇有戏剧性的往事，是因为妙喜乃一代高僧，但青年陆游却颇不给其面子，到中年似乎也没有忏悔之意。那天，陆游访老友郑禹功博士，见有一个僧人在座，陆游也不问是谁，仗着自己和郑博士交情好，就直奔上座。当时正下着大雪，天气甚寒，陆游向郑博士要酒喝，博士只得给他酒喝。陆游倒也不客气，一杯接一杯地喝，一直喝到了醉眼蒙眬的状态。这时，博士脸上实在挂不住了，就悄悄对陆游说，那位高僧就是妙喜禅师。但陆游却来了个"亦不辞谢"，就是既不打招呼，也不稍作谦逊，继续"说诗论兵，旁若无人"，根本就没把妙喜当回事。妙喜禅师见状，遂辞去。

这事儿过去好几年之后，陆游到了中年。中年的陆游"老于忧患，志气摧落，念昔之狂，痛自悔责"，希望还能再见到妙喜老和尚，作礼忏悔，谁知老和尚已经弃世而去了。要是换作旁人，我们可以相信他的忏悔是诚心实意的，但陆游不是，他后面还有一句。他搬出了妙喜老和尚的高足处良和尚，说："处良和尚是一世明眼衲子，你倒是说说陆某当年不敬妙喜做得对呢，还是今日想找他忏悔做得对呢？"这哪是诚心忏悔求原谅的态度？

读罢此文，不禁莞尔。遥想当年，笔者也颇爱杯中之物，年方二十有奇，初出校门，僻居凤山之下。尝效东坡《赤壁赋》之意而作《雪中论酒赋》，一时在生徒中传看，自以为颇得东坡之神韵也。以凤山非久留之地，乃思遍访名师，重温旧典，游学凡六年，辛苦有谁知。塞北江南何足道，西域东瀛只等闲。回首来时路，不觉已中年。早就听说中年很苦，但只有真正到了中年才能体会究竟有多苦。

常常在想：要是妙喜老和尚还在世，他又会如何对待这位当年狂傲不羁、今日又来假装忏悔的小陆哥哥呢？

复斋记

仲高①于某为从祖兄②，某盖少仲高十有二岁。方某为童子时，仲高文章论议③已称成材，冠峨带博④，车骑雍容，一时名公卿皆慕与之交。诸老先生不敢少⑤之，皆谓仲高仕进且一日千里⑥。自从官御史⑦，识者惟恐不得如仲高者为之。及其丞大宗正⑧，出使一道⑨，在他人亦足称美仕，在仲高则谓之蹉跌不偶⑩可也。顾曾不暖席⑪，遂遭口语⑫，南迁万里，凡七阅寒暑⑬，不得内徙。与仲高亲厚者，每相与燕游⑭，辄南望叹息出涕，因罢酒去，如是数矣。然客自海上来，言仲高初不以迁谪瘴疠⑮动其心，方与学佛者游，落其浮华，以反本根⑯，非复昔日仲高矣。闻者皆怅然，自以为不足测斯人之浅深也。

隆兴⑰元年夏，某自都还里中，始与兄遇。视其貌，渊⑱乎似道；听其言，简而尽。所谓落浮华、反本根者，乃亲见之。尝对榻语至丙夜⑲，谓某曰："吾名吾燕居之室曰复斋，子为我记。"某自念少贫贱，仕而加甚，凡世所谓利欲声色，足以败志汩心[20]者，一不践其境，兀然[21]枯槁，似可学道者。然从事于此数年，卒无毛发之得。若仲高驰骋于得丧之场，出入于忧乐之域，而自得者乃如此，非深于性命之理[22]，其孰能之？某盖将就学焉，敢极道本末，以为《复斋记》。

【注释】

①仲高（1115～1174）：陆升之，字仲高，陆游从祖兄。

②从祖兄：同一曾祖但不同祖父的同辈兄长，即从兄。

③论议：指对人或事物的认识及所达到的境界。

④冠峨带博：即峨冠博带，指戴着高冠，扎着宽大的衣带，这是古代士大夫的装束。

⑤少：轻视。

⑥一日千里：比喻升迁神速。《后汉书·王允传》："同郡郭林宗尝见允而奇之，曰：'王生一日千里，王佐才也。'"

⑦御史：官名，掌文书及记事。

⑧丞大宗正：即为大宗正丞。大宗正是负责皇族事务的官员，一般由皇族成员充当，大宗正丞即为辅佐大宗正的从官。

⑨出使一道：指陆升之任提举两浙路市舶司一事。道，即路，宋代行政区域名，仿唐代道制而建。

⑩蹉跌不偶：失意不得志。

⑪不暖席：即座席尚未坐暖，指时间很短。

⑫口语：指毁谤。

⑬七阅寒暑：经历了七次寒暑，即指过了七年。

⑭燕游：宴饮游乐。

⑮迁谪瘴疠：指被贬谪到南方湿热之地。

⑯本根：本原，本性。

⑰隆兴（1163~1164）：宋孝宗赵眘年号。

⑱渊：深。

⑲丙夜：即三更，指晚上十一时至翌日凌晨一时。

⑳汩（gǔ）心：乱心。

㉑兀然：昏沉的样子。

㉒性命之理：在中国古代哲学上指万物和人生的道理。

【赏读】

此文作于宋孝宗隆兴元年（1163），陆游三十九岁。

陆游与陆升之是一对恩怨兄弟。陆升之比陆游大十二岁，有"词翰俱妙"的才名，与陆游为莫逆之交。陆游十六岁时，与陆升之等同赴临安应试。宋高宗绍兴十八年（1148），陆升之中进士，任淮西提点刑狱司干办公事，次年又任诸王宫大小学教授。绍兴二十年（1150），陆升之告发李光之子李孟坚私撰国史，而李光为秦桧政敌，故陆升之得秦桧赏识而被擢升为大宗正丞。但陆游对李光为人极为敬佩。因此，与陆升之之间颇生嫌隙。陆游有《送仲高兄宫学秩满赴行在》诗以讽之，诗曰：

> 兄去游东阁，才堪直北扉。
>
> 莫忧持橐晚，姑记乞身归。
>
> 道义无今古，功名有是非。
>
> 临分出苦语，不敢计从违。

此诗讽刺陆升之因依附秦桧而平步青云，批评他为了功名而不顾道义，最后苦劝他及早脱离是非之地。陆升之见诗不悦。后来陆游入朝做官，陆升之将此诗送还给陆游，只是将首句的"兄"改作"弟"。可见二人之间芥蒂已颇深。

然而，时局变幻莫测，绍兴二十五年（1155）秦桧死后，其党羽遭贬逐，陆升之也因此远徙雷州（今属广东）达七年。绍兴二十八年（1158），陆游开始步入仕途。绍兴三十二年（1162），又赐进士出身。作此记时的隆兴元年（1163），是陆游仕途一个重要的转折点，也是二陆关系重要的转折点。是年，陆游批评议论宠臣龙大渊、曾觌等结党揽权，触怒宋孝宗，遭贬出朝。五月，除左通直郎、镇江府判官。夏，陆游出都返里，范成大、周必大、韩元吉等人都作诗相送，将其比之"范蠡"，称其"孤忠"。而陆游自作《出都》一诗以表当时之心境，诗曰：

> 重入修门甫岁余，又携琴剑返江湖。
>
> 乾坤浩浩何由报，犬马区区正自愚。
>
> 缘熟且为莲社客，伻来喜对草堂图。
>
> 西厢屋了吾真足，高枕看云一事无。

陆游出都返里，而陆升之也从雷州归山阴，二人相遇，对榻夜语。渡尽劫波兄弟在，相逢一笑泯恩仇。本是同宗兄弟，又是少年莫逆的二人，在历经宦海沉浮、人届中年之时，重逢在故乡山阴这个他们最初的出发点，自然悲喜交集、五味杂陈。在重逢之前，陆游就已听说陆升之"方与学佛者游，落其浮华，以反本根，非复昔日仲高矣"，等到重逢，"视其貌，渊乎似道；听其言，简而尽"，果然亲眼见到了落浮华、反本根的仲高兄。在陆游看来，他的仲高兄变了；而在陆升之看来，他的务观弟又何尝未变呢？我们虽看不到仲高兄眼中的务观弟，但可以从陆游所作的这篇《复斋记》中看出他自己的变化。

叶寘《爱日斋丛钞》评曰："大抵善为隐蓄，而抑扬寄于言表……前诗之直，后记之宛，俱有味。""前诗之直",即指《送仲高兄官学秩满赴行在》一诗,直接讽刺了陆升之;而"后记之宛",即指《复斋记》之委婉。此记开篇处,虽对陆升之的经历也颇不以为然,但这是欲扬先抑的手法,重点在"扬"。这既是因为仲高兄变了,也因为务观弟变了。原本很在意的恩怨情仇,在这时变成了深深的理解与同情,并表示若非仲高兄这样"深于性命之理",谁能"驰骋于得丧之场,出入于忧乐之域,而自得者乃如此"?相形之下,自己有意克制声色利欲,刻意"学道"数年,却无"毛发之得"。最后,陆游不得不佩服仲高兄的境界确实高于自己,自己要向仲高兄学习。

七年后,陆游入蜀,开始了长达九年的蜀中生涯。入蜀第二年,陆游曾收到陆升之的来信,有《仙鱼铺得仲高兄书》诗记其事,诗曰:

> 病酒今朝载卧舆,秋云漠漠雨疏疏。
>
> 阆州城北仙鱼铺,忽得山阴万里书。

在万里之外收到来自故乡的书信,其激动之情,溢于言表。又二年,陆升之卒,陆游在次年始得其讣。而在此之前,他还曾作《渔家傲·寄仲高》词感怀仲高兄,词曰:

> 东望山阴何处是?往来一万三千里。写得家书空满纸。流清泪,书回已是明年事。　　寄语红桥桥下水,扁舟何日寻兄弟?行遍天涯真老矣。愁无

寐，鬓丝几缕茶烟里。

"扁舟何日寻兄弟?"一语成谶，或许远在西蜀的陆游正在感怀兄弟之时，仲高已作古，从此再也无处可以寻兄弟了。得知仲高死讯的陆游，悲恸不已，作《闻仲高从兄讣》诗痛哭之，诗曰：

> 去国万里游，发书三日哭。
> 久矣吾已衰，哀哉公不淑。
> 寄书墨未干，玉立在我目。
> 天高鬼神恶，生世露电速。
> 丹心抱忠贞，白首悲放逐。
> 九阍不可叫，百身何由赎!
> 文章果何罪? 一斥独不复。
> 上寿阿母前，悔不早碌碌。

过柯桥馆①、梦笔驿②

　　乾道五年③十二月六日，得报差通判夔州。方久病，未堪远役，谋以夏初离乡里。

　　六年闰五月十八日，晚行，夜至法云寺④。兄弟⑤饯别，五鼓始决去。

　　十九日，黎明，至柯桥馆，见送客。巳时⑥至钱清⑦，食亭中，凉爽如秋。与诸子及送客，步过浮桥。桥坚好非昔比，亭亦华洁，皆史丞相⑧所建也。申后，至萧山县⑨，憩梦笔驿。驿在觉苑寺旁，世传寺乃江文通⑩旧居也。有大碑，叶道卿⑪文。寺额及佛殿榜，皆沈睿达⑫所书，有碑，亦睿达书，尤精古。又有毗陵人戚舜臣⑬所画水，盖佛后座大壁也。卒然见之，觉涛澜汹涌可骇，前辈或谓之死水⑭，过矣。县丞权县事纪句、尉曾槃来。曾原伯⑮逢招饮于其子槃⑯廨⑰中，二鼓归。原伯复来，共坐驿门，月如昼，极凉。四鼓，解舟行，至西兴镇。

【注释】

①柯桥馆：又称"柯桥驿"。绍兴府馆驿名，在法云寺旁。《嘉泰会稽志》："柯桥驿，在（山阴）县西二十五里。"

②梦笔驿：绍兴府馆驿名，在觉苑寺旁。《嘉泰会稽志》："梁金紫光禄大夫江淹宅。……又萧山县东北一百三十步有江淹故宅，今为觉苑寺，寺前有梦笔驿，亦以文通得名。"

③乾道五年（1169）：这一年作者四十五岁。乾道，宋孝宗赵昚年号。

④法云寺：在绍兴府东北。《嘉泰会稽志》："大中祥符寺在府东北三里二百步，唐中和二年，僧可瑶建号中和水陆院……开宝七年改法云寺，大中祥符元年改今额。"此时法云寺已经改名为大中祥符寺，这里是作者沿袭旧称。

⑤兄弟：此处指堂兄弟陆洸、陆演等。

⑥巳时：上午九时至十一时。

⑦钱清：河流名，又名西小江、浦阳江。

⑧史丞相：南宋高宗、孝宗时的丞相史浩。乾道四年（1168）至乾道六年（1170）曾为绍兴府知府。

⑨萧山县：即今浙江杭州萧山区。

⑩江文通（444～505）：南朝辞赋家江淹，字文通，济阳考城（今河南兰考）人。相传江淹当浦城县令时，有一天漫步浦城郊外，歇宿在一小山上。梦见神人授他一支五彩神笔，自此文思如涌，成了一代文章魁首。时人称为"梦笔生花"。

⑪叶道卿（1000～1049）：即叶清臣，字道卿，北宋名臣。宋祁、范仲淹等人都与他有交往。

⑫沈睿达：北宋沈辽，字睿达，钱塘（今浙江杭州）人，沈括的同族兄弟。

⑬戚舜臣：北宋仁宗时期人，曾官尚书虞部郎中。

⑭前辈或谓之死水：以前有人说这幅画的水画得死板，没有神趣。

⑮曾原伯：曾逢，字原伯，曾幾长子。曾幾是南宋江西诗派重要诗人，陆游师事之，故与曾逢兄弟有世谊之亲，交情深厚。

⑯槃：即曾槃，曾原伯之子。

⑰廨（xiè）：官府。

【赏读】

本文及以下五篇均选自《入蜀记》，题目为编者所加。

宋孝宗乾道五年（1169）年底，陆游四十五岁，他得到通报，他被任命为夔州通判。当时陆游正在病重，无法立即赴任，直到第二年闰五月中旬，才由故乡山阴启程，乘船西行，十月二十七日到达夔州。入蜀途中，他一路观赏了祖国壮丽的山河，游览了大江两岸的名胜，"道路半年行不到，江山万里看无穷"（《水亭有怀》）。沿途山川景物、名胜古迹、风土人情、逸闻轶事、诗文掌故等，他一一逐日记载，汇为《入蜀记》一书，森罗万象，美不胜收。

本文是《入蜀记》的开篇，交代了入蜀的缘由及时间，从山阴出行写起，沿途所经柯桥馆、梦笔驿，作了详略得当的交代。寥寥几笔，道尽一天行程，颇得写意勾勒之妙，"桥""驿""寺""碑""画""月"，意象丰富；别客、读碑、评画、招饮、品月，娓娓道来，不蔓不枝，文气婉转流畅，诗意盎然。

过东流县[①]

二十八日，过东流县，不入。自雷江[②]口行大江，江南群山，苍翠万叠，如列屏障，凡数十里不绝。自金陵[③]以西，所未有也。是日，便风张帆，舟行甚速。然江面浩淼，白浪如山，所乘二千斛舟[④]，摇兀掀舞，才如一叶。

过狮子矶[⑤]，一名佛指矶，藓壁百尺，青林绿篠[⑥]，倒生壁间，图画有所不及。犹恨舟行北岸，不得过其下。旁有数矶，亦奇峭，然皆非狮子比也。至马当[⑦]，所谓下元[⑧]水府[⑨]，山势尤秀拔，正面山脚，直插大江。庙依峭崖架空为阁，登降者，皆自阁西崖腹小石径，扪萝[⑩]侧足而上，宛若登梯。飞甍[⑪]曲槛[⑫]，丹碧缥缈，江上神祠，惟此最佳。

舟至石壁下，忽昼晦，风势横甚，舟人大恐失色，急下帆，趋小港，竭力牵挽，仅能入港。系缆同泊者四五舟，皆来助牵。早间同行一舟，亦蜀舟也。忽有大鱼正绿，腹下赤如丹，跃起舵旁，高三尺许，人皆异之。是晚，果折樯破帆，几不能全，亦可怪也。入夜，风愈厉，增十余缆。迨晓，方少定。

【注释】

①东流县：在今安徽东至境内，位于长江中下游南岸。

②雷江：长江支流。

③金陵：即今江苏南京。

④二千斛舟：承载二千斛的大船。

⑤狮子矶：在今安徽东至境内长江岸边。矶，水边的大岩石。陆游《入蜀记》卷二："凡山临江，皆曰矶。"

⑥筱：小竹，细竹。

⑦马当：山名，在今江西彭泽东北马当镇东，邻近安徽，北临长江。两峰相依，山形似马，故名。今作"马垱"。

⑧下元：道教称水中为下元，亦指水府。

⑨水府：神话传说中水神或龙王所居之处。

⑩扪萝：攀援葛藤。扪，攀援。萝，女萝，体呈丝状，直立或悬垂，色青灰，缘松柏或其他乔木而生，亦有寄生石上者。

⑪飞甍：指飞檐。比喻高大的屋宇。甍，屋脊。

⑫槛：栏杆。

【赏读】

　　本文写舟行大江的快意和惊险。开篇为宏观描写，视野开阔，江南群山，苍崖翠壁，千重万叠，秀色参天，如锦屏绣障，迤逦排开，绵延数十里不绝。此日顺风，扬帆疾驶，江面浩然无际，云水渺茫，白浪如山，所乘二千斛的大船，在洪波巨浪中，颠簸掀舞，竟如一叶飘零。寥寥几笔，令人顿时感到宇宙之寥廓，生命之渺小，它仿佛也象征着人的生命历程，轻如一叶的自我，在人生的惊涛骇浪中奋力拼搏，逆流而上。

　　继而以浓墨重彩，具体描绘山崖水涘的瑰玮奇观。狮子矶，苔藓蒙壁，峻嶒百尺，青葱的林木，欹斜的绿竹，倒挂在石壁间，姿态横生。至马当山，峰峦秀拔，直插大江。神庙依悬崖峭壁架空而建，楼阁峥嵘，登降此阁都从阁西崖腹中的小石径，攀援女萝，侧足而上，胆战心惊，宛若登上天梯。从舟中遥望神庙，飞甍碧瓦，九曲栏杆，丹碧生辉，缥缈于云霞掩映之际。神庙之奇诡宏丽，匪夷所思。

　　篇末，写江上风涛，倏忽之间，白日如晦，狂风横肆，怒涛汹涌，舟人大惊失色，急避入港。妙趣横生的是：忙中穿插一笔，忽有大鱼，正面色绿，腹下赤如丹，在舵旁跃起，高三尺许，大约是不祥之兆吧，是晚，果然樯折帆破，岌岌可危。

过澎浪矶^①、小孤山^②

　　八月一日，过烽火矶。南朝自武昌至京口，列置烽燧^③，此山当是其一也。自舟中望山，突兀而已。及抛江过其下，嵌岩^④窦穴^⑤，怪奇万状，色泽莹润，亦与它石迥异。又有一石，不附山，杰然特起，高百余尺，丹藤翠蔓，罗络其上，如宝装屏风。是日风静，舟行颇迟，又秋深潦缩^⑥，故得尽见。杜老^⑦所谓"幸有舟楫迟，得尽所历妙"也。

　　过澎浪矶、小孤山，二山东西相望。小孤属舒州宿松县，有戍兵。凡江中独山，如金山、焦山、落星之类，皆名天下。然峭拔秀丽，皆不可与小孤比。自数十里外望之，碧峰巉然孤起，上干云霄，已非他山可拟；愈近愈秀，冬夏晴雨，姿态万变，信造化之尤物^⑧也。但祠宇极于荒残，若稍饰以楼观亭榭，与江山相发挥，自当高出金山之上矣。庙在山之西麓，额曰"惠济"，神曰"安济夫人"。绍兴^⑨初，张魏公^⑩自湖湘还，尝加营葺，有碑载其事。又有别祠在澎浪矶，属江州彭泽县，三面临江，倒影水中，亦占一山之胜。舟过矶，虽无风，亦浪涌，盖以此得名也。昔人诗^⑪有"舟中估客莫漫狂，小姑前年嫁彭郎"之句，传者因谓小姑庙有彭郎像，澎浪庙有小姑像，实不然也。

晚泊沙夹，距小孤一里。微雨，复以小艇游庙中。南望彭泽、都昌诸山，烟雨空濛，鸥鹭灭没，极登临之胜，徙倚久之而归。方立庙门，有俊^⑫鹘^⑬搏水禽，掠江东南去，甚可壮也。庙祝^⑭云："山有栖鹘甚多。"

【注释】

①澎浪矶：在今江西彭泽西北，隔江与小孤山相对。

②小孤山：在今安徽宿松东南，与长江南岸澎浪矶相对。孤峰突兀，直插天半，故名孤山。因其峭拔秀丽，形如发髻，俗称髻山。

③烽燧：古代报警的两种信号，夜间举火叫"烽"，白天烧烟叫"燧"。

④嵌岩：凹陷的山岩。

⑤窦穴：洞穴。

⑥潦缩：积水逐渐减少。

⑦杜老：杜甫，此诗句引自杜甫《次空灵岸》诗。

⑧尤物：珍奇之物，亦指绝色美女。

⑨绍兴（1131～1162）：宋高宗赵构年号。

⑩张魏公：即张浚，南宋抗金名将，字德远，四川绵竹人。孝宗时，除枢密使，都督江淮军马，封魏国公。他曾经因力主抗战而被黜，贬永州。此篇所云"自湖湘还"，即指自贬所湖南永州还。

⑪昔人诗：指苏轼《李思训画长江绝岛图》诗。

⑫俊：通"峻"，大。

⑬鹘：古书上说的一种鸟，短尾，青黑色。鹰类猛禽。

⑭庙祝：庙宇中管香火的人。

【赏读】

　　小孤山，屹立于烟波浩渺的大江之中，陆游对其充满了憧憬和期待。从数十里外遥望小孤山，碧峰高耸，直插云霄，一空倚傍，矗立于水天空阔的背景上，她的俏丽之姿，宛如一位云髻高绾的美女，越是走近她，她就显得越加秀美。苍松古柏，山花翠竹，掩映于烟岚云岫之间，想象中随着四季变化、阴晴雨雪，小孤山愈加千姿百态，风光旖旎。无怪乎陆游惊叹：她真是大自然所创造的绝美之物。在人们的心目中，小孤山成为妩媚可爱的少女，于是有了小姑嫁彭郎的传说。

　　与小孤山遥遥相对的澎浪矶，水流湍急，虽无风，亦波浪澎湃，以此得名。民间将"小孤"讹为"小姑"，"澎浪"讹为"彭郎"。苏轼诗云："舟中估客莫漫狂，小姑前年嫁彭郎。"美妙的传说与绮丽的风光,使小孤山充满了浪漫情调。

张魏公即张浚,力主抗金,屡起屡谪。他是陆游的故交,隆兴元年(1022),张浚以右丞相都督江淮路军马,陆游曾参加他所主持的北伐,陪他雪夜巡江,彼此结为知己。此时陆游来到小孤山上,见到故人"尝加营葺"的庙宇已经残败不堪,只留下了空载其事的石碑,想到故人长逝,他们共同拥有的北伐复国的梦想,也早已破灭,岂能不心潮澎湃,感慨万端!

尾声,情韵悠扬。晚间细雨霏微,陆游又划着小艇到小孤山的庙中游览。南望彭泽、都昌的群山,烟雨空蒙,鸥鹭忽隐忽现,一派缥缈迷茫,极尽登高眺远之胜概,徘徊流连了许久。伫立庙门,忽有一只巨大的鹰隼俯冲攫抓水禽,横掠江面,往东南方向飞去,其矫健的雄姿和强悍的生命力,令他久久不能平静。

登秋风亭、白云亭[①]

二十一日，舟中望石门关，仅通一人行，天下至险也。晚泊巴东县。江山雄丽，大胜秭归[②]。但井邑[③]极于萧条，邑中才百余户，自令廨而下，皆茅茨[④]，了无片瓦。权[⑤]县事秭归尉右迪功郎王康年、尉兼主簿右迪功郎杜德先来，皆蜀人也。谒寇莱公[⑥]祠堂，登秋风亭，下临江山。是日重阴，微雪，天气飋[⑦]飘，复观亭名，使人怅然，始有流落天涯之叹。遂登双柏堂、白云亭。堂下旧有莱公所植柏，今已槁死。然南山重复，秀丽可爱。白云亭则天下幽奇绝境，群山环拥，层出间见[⑧]；古木森然，往往二三百年物；栏外双瀑，泻石涧中，跳珠溅玉，冷入人骨。其下是为慈溪，奔流与江会。予自吴入楚，行五千余里，过十五州，亭榭之胜，无如白云者，而止在县廨听事[⑨]之后。巴东了无一事，为令者可以寝饭于亭中，其乐无涯。而阙令[⑩]动辄二三年，无肯补者，何哉？

【注释】

①秋风亭、白云亭：在今湖北巴东，北宋名臣寇准任巴东县令时所建。

②秭归：县名，今属湖北宜昌。

③井邑：市井。

④茅茨：茅屋。

⑤权：暂时代理官职。

⑥寇莱公：即寇准，字平仲，华州下邽（今陕西渭南）人。曾任巴东县令。辽军攻宋，寇准坚决主战。两度为相，封莱国公。后被丁谓等人陷害遭贬，客死雷州。

⑦飂（liú）：风疾速的样子。

⑧见：同"现"。

⑨听事：厅堂。

⑩阙令：空缺县令。阙，同"缺"。

【赏读】

陆游入蜀之前，曾写有《通判夔州谢政府启》："今将穷江湖万里之险，历吴楚旧都之雄，山巅水涯，极诡异之观；废宫故墟，吊兴废之迹……"可见他沿途寻幽访胜，有抚今追昔、凭吊兴亡之意。

秋风亭、白云亭都是寇准所建，陆游此番登临，已是距寇准在巴东百年之后。对于这位力主抗战的名相，陆游十分崇敬，《秋风亭拜寇莱公遗像》诗之二"巴东诗句澶州策，信手拈来尽可惊"，就是在寇莱公祠堂得句。此日，彤云密布，初雪微茫，天气阴冷，悲风猎猎，联想到秋风亭的命名，顿时一股萧瑟秋意袭来，蓦地使人怅然，感慨万千，始有天涯流落之叹。此时他已将至任所，回首家山，乡关万里，水远山长，飘零天末；而祠堂中那位令人缅怀的先贤，虽然曾经荣华富贵、显赫一时，却终不免远窜南荒，客死异乡，让人不免产生"同是天涯沦落人"的感叹。

白云亭，幽丽奇秀，风致绝佳，被陆游许为"绝境"——最高境界。自吴入楚，所见亭台楼榭之佳妙，莫过于此。山峦、古木、飞瀑、溪流，构成一幅丰韵天然的图画。凭栏临眺，重峦叠嶂，回环四合，云横岚岫，苍然翠色，时现时隐；亭周古木森森，浓绿蓊郁，傲干虬枝，松涛阵阵；栏外更有飞流双瀑，宛若两条白龙，从青峡间破壁而出，凌空直下，泻石涧中，跳珠溅玉，清清泠泠，砭人肌骨；下临则是清溪一曲，奔流直入大江。

白云亭就在县衙的厅堂后面，巴东这个地方简直没有公事可办，当县令的可以在白云亭中睡觉吃饭，尽享人间仙境，其乐无穷，陆游言下不胜神往。可是县令出缺，往往两三年无人肯来替补，又是为什么呢？

巫山神女①峰

二十三日，过巫山凝真观②，谒妙用真人祠。真人，即世所谓巫山神女也。祠正对巫山，峰峦上入霄汉，山脚直插江中。议者谓太华、衡、庐③，皆无此奇。然十二峰④者，不可悉见⑤。所见八九峰，惟神女峰⑥最为纤丽奇峭，宜为仙真⑦所托。祝史⑧云："每八月十五夜月明时，有丝竹之音，往来峰顶，山猿皆鸣，达旦方渐止。"庙后山半，有石坛⑨平旷。《传》⑩云："夏禹见神女，授符书于此。"坛上观十二峰，宛如屏障。是日，天宇晴霁，四顾无纤翳，惟神女峰上有白云数片，如鸾鹤翔舞徘徊，久之不散，亦可异也。

祠旧有乌数百，送迎客舟，自唐夔州刺史李贻诗已云"群乌幸胙余"⑪矣。近乾道元年，忽不至。今绝无一乌，不知其故。泊清水洞，洞极深，后门自山后出，但黝暗⑫，水流其中，鲜能入者。岁旱祈雨，颇应。

【注释】

①巫山神女：名叫瑶姬，传说是炎帝之女，未嫁而死，葬于巫山之阳；一说是西王母的第二十三个女儿，出游东海，过巫山，见洪水肆虐，于是授符书给禹助其治水，水患既平，瑶姬为造福生灵，永祈丰年，立山头，日久化为神女峰。巫山，在今重庆与湖北交界处，夹岸奇峰峭壁，长江流贯其中。

②凝真观：道教名观，内有巫山神女祠。

③太华、衡、庐：即华山、衡山、庐山。

④十二峰：北岸六峰为登龙、圣泉、朝云、望霞、松峦、集仙；南岸六峰为飞凤、翠屏、聚鹤、净坛、起云、上升。

⑤不可悉见：南岸六峰，江上能见到的，只有飞凤、翠屏、聚鹤三峰，其余净坛、起云、上升三峰并不临江，所以看不见。

⑥神女峰：在群峰之巅，峰上有一挺秀的石柱，形似亭亭玉立的少女，每天最早迎来朝霞，最晚送走晚霞，故称望霞峰，也称神女峰。

⑦仙真：仙人，此指巫山神女。

⑧祝史：祭祀时祝告鬼神的人，此指道观主事。

⑨坛：高台。巫山主要景观有三台：楚阳台、授书

台、斩龙台。此指瑶姬授书大禹的授书台。

⑩《传》：指《神仙传》。

⑪群乌幸胙（zuò）余：群鸦以能吃到祭祀留下的肉为幸。胙，祭祀用的肉。

⑫黮（dǎn）暗：黑暗不明。

【赏读】

神女峰，屹立于苍崖翠壁间，宛若一位亭亭玉立的少女，每当云烟在峰顶缭绕，她便仿佛披上飘逸的轻纱，若隐若现，愈显风姿绰约，脉脉含情。神话传说的空灵缥缈，更平添了她的神韵和魅力。神女峰亦石，亦人，亦仙姝，亦靓女。她的灵异之姿，朦胧之美，吸引了古今多少文人为之吟咏。"晓雾乍开疑卷幔，山花欲谢似残妆"（刘禹锡《巫山神女庙》），陆游也希望能一睹神女风采。

本文由"议者"将巫山与诸名山作一对比，华山之险、衡山之雄、庐山之秀，皆不若巫山之古韵苍莽。写神女峰，并未用很多笔墨刻画她的幽深秀丽，而是以灵隽之笔，将古老洪荒的神话传说融入云山缥缈的眼前实景，虚实相生，似幻似真，构成一派恍惚迷离之境，烘托出神女超尘绝俗的风采。

"所见八九峰，惟神女峰最为纤丽奇峭"，正面具体描画仅此一笔，然而足矣，神女峰的瑰玮奇绝之态就呼之欲出了。庙祝言其灵异：每逢农历八月十五月明之夜，有丝竹之音，往来峰顶，山猿皆鸣，达旦方渐止。如此"空中荡漾"的神来之笔，令人叹绝。清冷的明月，朦胧的山影，这无声的画面竟然摇漾着美妙的丝竹仙乐，是伴神女共度良宵，还是慰藉她孤独的心灵？更有那山猿哀鸣，群山回荡，所谓"猿鸣三声泪沾裳"，是否也有亘古长存的寂寞与悲凉？

最为奇妙的是：此日天空晴朗，万里无云，唯神女峰上有白云数片，形如鸾鹤翔舞徘徊。关于巫山神女的记载，以宋玉的《高唐赋》《神女赋》最著，写巫山神女与楚怀王梦遇以及"旦为朝云，暮为行雨"的绮丽传说。陆游曾经疑其无，《三峡歌》云："朝云暮雨浑虚语，一夜猿啼月明中。"但是也不免信其有，神女峰上鸾翔鹤舞的数片白云，不就印证了一灵不泯的存在吗？难道这就是那天上人间绝无仅有的"巫山之云"吗？它勾起了人们多少缠绵的绮思丽想！巫山之云，寄托了人们至纯至美的梦想和期许。

谷帘水①

　　十日，史志道②饷③谷帘水数器，真绝品也。甘腴清冷，具备众美。前辈或斥水品以为不可信，水品固不必尽当，然谷帘卓然非惠山所及，则亦不可诬也。水在庐山景德观，晚别诸人，连夕在山中，极寒，可拥炉。比还舟，秋暑殊未艾④，终日挥扇。

【注释】

　　①《茶经》："谷帘泉水为天下第一。"

　　②史志道：户部侍郎。

　　③饷：招待，提供。

　　④未艾：未尽，未止。

【赏读】

　　陆游精于品茶鉴水，现在他遇到了著名的谷帘水。

　　此前，在路过丹阳的时候，陆游从玉乳井中取了一些井水。玉乳井在观音寺里，水色微白，近似牛乳，喝到嘴里"甘冷熨齿"。在《煎茶水记》中，张又新提到陆羽品水，把丹阳观音寺的井水排在第十一位，说明此水久负盛名。陆游更具体地称这口井为"玉乳井"，对其特点作了更多的描述。水井旁边，还有北宋陈尧叟题写的楷书"堆玉"二字。

陆游的船中载着玉乳井水，一路向西，八月初进入了江州境内。在这里陆游停留多日，游览庐山。在山中受人馈赠，品尝到了著名的谷帘水。

张又新在《煎茶水记》中把庐山的谷帘水评为第一。后世的许多人慕名而来，品尝之后，不以为然。陆游却认为谷帘水"甘腴清冷，具备众美"，远远超过了惠泉水，堪称绝品。

陆游人在旅途，口味不会太挑剔，又不想辜负朋友的美意，言辞之间难免溢美。《四库全书》认为，陆游大概也是受了《煎茶水记》的影响，先入为主。

品尝到堪称绝品的谷帘水，陆游依然不满足，后来他在一首《试茶》诗中写道："日铸焙香怀旧隐，谷帘试水忆西游。银瓶铜碾俱官样，恨欠纤纤为捧瓯。"

卷二　此行何处不艰难

及落魄巴蜀，

感汉昭烈、诸葛丞相之事，

屡见于诗，顿挫悲壮。

跋《关著作行记》

著作关公①出使硖中②，风采峻甚，仕者人人震栗，莫敢仰视。某以孤生起罪籍，万里佐州，浅暗③滞拙，自期且汰去。而关公独厚遇之，举酒赋诗，谈台阁旧事，忘其位之重也。公免归之明年，某以事至卧龙山咸平寺④，长老惠琏⑤言，公往有《行记》，今将刻之石，因属某书其末。

某曰："方关公之门可炙手时，此书伏不出；今公归卧青城山⑥中，宾客解散，形势一变，而琏方刻其书，为不朽计。嗟乎！足以愧士大夫矣。"

乾道七年七月七日，左奉议郎、通判夔州军州、主管学事陆某谨识。

【注释】

①著作关公：即著作郎关耆孙。关耆孙，字寿卿，零陵（今属湖南）人。进士出身，治诗赋，曾任著作郎、转运使。著作，即著作郎，始置于三国魏明帝时，属中

书省，掌编国史。晋改属秘书省，称大著作。唐宋因之，而宋另置国史院，著作郎负责汇编每日时事等。

②夔中：即夔州，今重庆奉节。

③浅暗：肤浅而不明达。汉代王充《论衡·别通》："深知道术，无浅暗之毁也。"

④卧龙山咸平寺：在夔州城东北五里。

⑤惠琏：即广慧琏禅师，曾驻锡卧龙山咸平寺。

⑥青城山：道教名山，亦称"赤城山"，在今四川都江堰市西南三十里。

【赏读】

本篇作于宋孝宗乾道七年（1171），陆游四十七岁。全篇以寥寥百余字，刻画了关耆孙磊落坦荡的性格特征及作者对世态炎凉的感叹。

陆游与关耆孙在夔州相遇。关耆孙时任夔州路转运使，俗称"漕司"，主管夔州一路的财税，与提点刑狱司、安抚司一起成为一路的最高长官。而陆游当时仅为夔州通判，与关氏职位相差悬殊，且陆游自称"以孤生起罪籍"。所谓"孤"，即指宋高宗绍兴十八年（1148），陆游二十四岁时，其父陆宰去世。所谓"起罪籍"，即指绍兴二十四年（1154），陆游应礼部试，因论恢复，语触秦桧，为秦氏黜落。至绍兴二十八年（1158），始为福州宁德县主簿。

乾道五年（1169），陆游任夔州通判。从故乡山阴，来到遥远的夔州任职，陆游对此行并未抱太大的热情。让他始料未及的是，时任夔州转运使的关耆孙，竟然对自己恩遇甚厚。这让仕途颇不顺利、屡遭权贵打击的陆游受宠若惊、感动不已。

短文的后半部分，笔锋一转，由叙述转为感叹，同时对慧琏和尚不为风云所动的品质给予了高度的评价。关氏所作《行记》，在其权势炙手可热之时，慧琏和尚冷眼旁观，并没有在那时候将此文刻石，以取悦关氏；相反，在关氏被免官之后，形势一变，宾客星散，慧琏才刻此《行记》，并嘱陆游书其末。

全篇在几组对照中速写而成：陆游的出身、官阶之低微与关耆孙之权势、威严相对照，关耆孙的权势与其对陆游的态度相对照，关耆孙在位时和免官后的形势相对照，慧琏的高义与其他宾客的丑态相对照，慧琏的冷眼不动和关耆孙的官场沉浮相对照，等等，无不体现了陆游的史笔与史才。

东屯高斋记

　　少陵先生①晚游夔州，爱其山川，不忍去，三徙居皆名高斋。质②于其诗，曰次水门③者，白帝城之高斋也④；曰依药饵者，瀼西之高斋也⑤；曰见一川者，东屯之高斋也⑥。故其诗又曰："高斋非一处。⑦"予至夔数月⑧，吊先生之遗迹，则白帝城已废为丘墟百有余年，自城郭府寺，父老无知其处者，况所谓高斋乎？瀼西，盖今夔府治所，画为阡陌，裂为坊市，高斋尤不可识。独东屯有李氏者，居已数世，上距少陵财⑨三易主，大历⑩中故券⑪犹在。而高斋负山带溪，气象良是。李氏业进士⑫，名襄，因郡博士⑬雍君大椿属予记之。

　　予太息曰："少陵，天下士也！早遇明皇、肃宗，官爵虽不尊显，而见知实深。盖尝慨然以稷、卨⑭自许。及落魄巴蜀，感汉昭烈⑮、诸葛丞相之事，屡见于诗，顿挫悲壮，反复动人，其规模志意岂小哉！然去国浸久，诸公故人熟睨其穷，无肯出力。比至夔，客于柏中丞、严明府⑯之间，如九尺丈夫俯首居小屋下，思一吐气而不可得。予读其诗，至'小臣议论绝，老病客殊方⑰'之句，未尝不流涕也。嗟夫！辞之悲乃至是乎？荆卿之歌⑱，阮嗣宗之哭⑲，不加于此矣。少陵非区区于仕进⑳者，不胜爱君忧国之心，思少出所学佐天子，兴正观㉑、开元㉒之治；而身愈老，命愈大谬，坎壈㉓且死，则其悲至此，亦无足怪也。"

今李君初不践通塞荣辱之机，读书弦歌，忽焉忘老，无少陵之忧而有其高。少陵家东屯不浃岁㉔，而君数世居之。使死者复生，予未知少陵自谓与君孰失得也。若予者，仕不能无愧于义，退又无地可耕，是直有慕于李君尔，故乐与为记。

乾道七年四月十日，山阴陆某记。

【注释】

①少陵先生：指杜甫。杜甫自号少陵野老，世称"杜少陵"。

②质：求证。

③次水门：杜甫《宿江边阁》："暝色延山径，高斋次水门。"

④白帝城之高斋也：唐代夔州与白帝城相接，故称此处的高斋为"白帝城之高斋也"。白帝城，在今重庆奉

节东白帝山上。

⑤依药饵：杜甫《暮春题瀼西新赁草屋五首》："高斋依药饵，绝域改春华。"瀼（ráng）西：瀼水西岸。瀼水，即梅溪河，在今奉节城东门外，可知此"高斋"在瀼西，故称此处的高斋为"瀼西之高斋也"。

⑥见一川：杜甫《自瀼西荆扉且移居东屯茅屋四首》："道北冯都使，高斋见一川。"东屯：在奉节县内，因公孙述在此屯田而得名。按：据杜甫诗意，东屯高斋当指都使冯氏之居所。故称此处的高斋为"东屯之高斋也"。

⑦高斋非一处：杜甫诗《云》："高斋非一处，秀气豁烦襟。"

⑧至夔数月：据《入蜀记》，陆游于乾道六年（1170）十月二十七日抵达夔州，至作本文时共五个半月。

⑨财：通"才"。

⑩大历（766～779）：唐代宗李豫年号。

⑪故券：指当时的房产契约。

⑫业进士：以进士为业，指读书人。

⑬郡博士：指夔州的学官。

⑭稷、卨（xiè）：尧舜时代的贤臣。卨，通"契"。杜甫《自京赴奉先县咏怀五百字》："许身一何愚，窃比稷与契。"

⑮汉昭烈：即三国蜀汉昭烈帝刘备，他曾在白帝城托孤于诸葛亮。死后谥"昭烈"。

⑯柏中丞、严明府：都是当时夔州的地方官员。柏中丞，指柏茂琳，时任夔州都督兼御史中丞。严明府，指云安县令严某，名不详。明府，唐时对县令的尊称。

⑰"小臣"二句：见杜甫诗《壮游》。

⑱荆卿之歌：指荆轲为燕太子丹去刺杀秦王，临别所作之《易水歌》。

⑲阮嗣宗之哭：阮嗣宗即阮籍，三国时魏人，"竹林七贤"之一，有穷途之哭的典故。《晋书·阮籍传》："（阮籍）时率意独驾，不由径路，车迹所穷，辄恸哭而返。"

⑳区区于仕进：一心想做官。区区，专注的样子。

㉑正观（627~649）：即贞观，唐太宗李世民年号。

㉒开元（713~741）：唐玄宗李隆基年号。

㉓坎壈（lǎn）：困顿，不得志。

㉔不浃岁：不满一年。

【赏读】

此文作于宋孝宗乾道七年（1171），陆游四十七岁。

陆游于乾道六年（1170）十月抵达夔州，开始长达九年的蜀中生涯。作此文时，他正在夔州，系衔"左奉议郎通判军州主管学事兼管内劝农事"。当时他为州考监试官，闭试院中月余，此间访寻杜甫故居，以作此篇，又夜游白帝城楼，赋诗追怀杜甫。

唐代以前到蜀中者，大概没有不追思诸葛孔明的，而唐以后入蜀者，恐怕也没有不感怀杜少陵的。唐人杜少陵入蜀常怀诸葛丞相，而宋人陆放翁到蜀岂有不思杜少陵之理？又岂止是思杜少陵，连诸葛孔明也一并追思在内了。你看他笔下雄文，先将杜少陵在夔州的遗迹全盘搜罗一番，指出杜氏在夔州所居之处都叫"高斋"。然后自己实地查访证明，其余两处高斋都不复存在，唯有东屯高斋气象尚在。接着，直点主题："少陵，天下士也！"对杜甫的怀才不遇、颠沛流离，特别是落魄巴蜀的经历，极为同情。这时笔下出现了双重意象：陆放翁感杜少陵之事，而杜少陵感诸葛丞相之事，两者完全交融在一起，难分彼此了。

陆放翁是杜少陵的异代知音，当代学者于北山以为此文乃陆游"以志景仰，兼有自况之意"（《陆游年谱》）。所谓"自况之意"，在此文里还是相对委婉、隐约的，而在《夜登白帝城楼怀少陵先生》一诗中，表达就更加直白了。此诗可以看作是本文很好的注脚，诗曰：

拾遗白发有谁怜？零落歌诗遍两川。

人立飞楼今已矣，浪翻孤月尚依然。

升沉自古无穷事，愚智同归有限年。

此意凄凉谁共语？夜阑鸥鹭起沙边。

晚年的陆游，自己的人生也已接近尾声，岁月的积淀，对世事的洞明，使得他对杜甫的理解更深，景仰之情也愈浓，重读杜诗，感受也就更与众不同。其《读杜诗》曰：

城南杜五少不羁，意轻造物呼作儿。

一门酣法到孙子，熟视严武名挺之。

看渠胸次隘宇宙，惜哉千万不一施。

空回英概入笔墨，《生民》《清庙》非唐诗。

向令天开太宗业，马周遇合非公谁？

后世但作诗人看，使我抚几空嗟咨。

对云堂记

巫故郡，自秦以来见于史。其后罢郡，犹为壮县①。杜少陵扁舟下白帝②，过焉，为赋"归"字韵五字诗③。诗传天下，由是巫县名益重。宋建中靖国④之元，黄太史⑤始脱钩党⑥，自蜀之荆，访少陵遗迹，客县治之东堂，留字壁间，有"坐卧对南陵云山阴晴变态"之语。距乾道辛卯⑦，逾一甲子，无举出者。鄞城⑧李德修来为令，风流儒雅，翩翩佳公子，因废址作堂，与客落之，举酒属山阴陆务观曰："子为予名，且记复兴之岁月。"

务观既取太史语名之⑨，且曰："仆行年五十，阅世故多矣，所谓朝夕百变者，奚独云山哉！一日进此道，幻翳⑩消，情尘灭，真实相见，虽巍乎天地，浩乎古今，变坏不停⑪，与浮云游尘，空华⑫眚晕⑬，初无少异也。德修方吏退时清坐堂上，试以仆言观之。"德修名普，务观名某。

腊月乙卯之夕，大醉中，秉烛梅花下记。

【注释】

①壮县：富庶繁华的大县。

②白帝：即白帝城。

③"归"字韵五字诗：指杜甫《巫山县汾州唐使君十八弟宴别兼诸公携酒乐相送率题小诗留于屋壁》："卧病巴东久，今年强作归。故人犹远谪，兹日倍多违。接宴身兼杖，听歌泪满衣。诸公不相弃，拥别借光辉。"

④建中靖国（1101）：宋徽宗赵佶年号，此年号仅用一年。

⑤黄太史（1045～1105）：指黄庭坚，字鲁直，号山谷道人，北宋著名诗人、书法家。曾任神宗实录检讨官，主编《神宗实录》，故称"太史"。

⑥钩党：指相交接为同党。这里指黄庭坚在宋哲宗元祐初年始任官期间，成为以苏轼为中心的元祐文人群体的重要成员，后被列为"元祐党人"，遭受排挤与打击。

⑦乾道辛卯（1171）：即年号与干支合用纪年法，宋孝宗赵眘乾道七年。

⑧鄄城：今山东鄄城。

⑨取太史语名之：指"对云堂"之名取自黄庭坚"坐卧对南陵云山阴晴变态"之语。

⑩幻翳（yì）：佛教用语，指虚幻的假象遮蔽眼睛。

⑪变坏不停：即变幻不停。

⑫空华：即空花，佛教用语，比喻纷繁的妄想和假象。

⑬眚（shěng）晕：日食或月食周围的光晕。

【赏读】

宋孝宗乾道五年（1169），朝廷重新起用陆游为夔州通判，主管一州学事兼管内劝农事。"残年走巴峡，辛苦为斗米"的陆游携家眷由山阴逆流而上至夔州（今重庆奉节），采撷沿路风土民情，撰写的著名日记体游记《入蜀记》，为中国历史上第一部长篇游记。

陆游居官夔州不足三年，虽从军报国杀敌的豪情未减，但报国无门，其内心是极其悲愤的。散文《对云堂记》正是这期间其于夔州下辖的巫山县创作。

"对云堂"非普通厅堂。在距此七十年前建中靖国元年（1101），"苏门四学士"之一的诗人黄庭坚曾居住在此。黄庭坚对巫山秀美风光赞誉有加，尤其是对每日开窗即见的巫山云流连忘返，在墙上写下"坐卧对南陵（山），云山阴晴变态"的赞誉。白云苍狗，沧海桑田，七十年悠悠岁月，斯人驾鹤西去，厅堂也颓圮。巫山县令李普（字德修）在旧址重修此堂，落成之际邀集文人雅士宴饮庆贺，并请夔州通判陆游命名题记。

陆游身在此堂中，目睹千变万化的巫山云，感叹自己面对的不仅是云，更是错综复杂的世间百态：天地之间，古往今来，成败利钝，悲欢离合，变幻不息，不正像那飘浮的云、游动的尘，像那虚幻的华、日食的晕，二者何其相似。百感交集中，诗人大醉。在满院蜡梅淡淡的幽香里，陆游秉烛疾书，依据黄庭坚的题诗，将厅堂命名为"对云堂"并作文以记之。

乐郊记

　　李晋寿一日图其园庐①持示余，曰："此吾荆州所居名乐郊者也。荆州故多贤公卿，名园甲第②相望。自中原乱，始以吴会③上流，常宿重兵，而衣冠④亦遂散去。太平之文物⑤，前辈之风流，盖略尽矣。独吾乐郊日加葺，文竹奇石、蒲萄⑥来禽⑦、芍药兰茝⑧、菱芡⑨菡萏⑩之富，为一州冠。其尤异者，往往累千里致之。子幸为我记。"

　　予官硖中⑪，始与晋寿相识，长身铁面⑫，音吐鸿畅⑬，遇事激烈奋发，以全躯保妻子为可鄙，其意气岂不壮哉！及为客置酒，出佳侍儿陈书画琴弈，相与娱嬉，则雍容都雅⑭，风味乃甚可爱，虽梁宋间少年贵公子不能过。盖其多材艺、知弛张如此。然自少时，不喜媒声利，有官不仕，穷园林陂池⑮之乐者，且三十年，每自谓"泉石膏肓⑯"。及来夔州，诸公始大知之，合荐于朝。议者谓晋寿当以少伸于世为喜，而晋寿顾不然，独眷眷于乐郊，不忍暂忘。

　　呜呼！出处一道也，仕而忘归，与处而不能出者，俱是一癖，未易是泉石、非钟鼎[17]。诸公之荐，盖砭晋寿膏肓，而使为世用。异时晋寿成功而归，高牙[18]在前，千兵在后，擅昼绣[19]之荣，以贲斯园，荆楚多秀民，尚有能赋其事者乎？

　　乾道七年六月十日，笠泽陆某记。

【注释】

　　①园庐：田园与庐舍。

　　②甲第：指豪门大族的宅第。

　　③吴会：吴郡、会稽郡，分别在今江苏苏州、浙江绍兴，这里泛指江南一带。

　　④衣冠：代指缙绅、士大夫。

　　⑤文物：指礼乐制度。古代用文物明贵贱，制等级，故云。《左传·桓公二年》："夫德，俭而有度，登降有数，文物以纪之，声明以发之，以临百官。"

　　⑥蒲萄：即葡萄。

　　⑦来禽：即沙果，也称花红、文林果。

　　⑧茝（chǎi）：即白芷，一种香草。

　　⑨菱芡：即菱角和芡实。

　　⑩菡萏（hàn dàn）：即荷花。

　　⑪官硖中：即官于峡中。硖，同"峡"。此指作者到

夔州任通判。

⑫铁面：指面色较黑。

⑬鸿畅：声音洪亮，言辞畅达。

⑭都雅：美好，闲雅。《三国志·吴志·孙韶传》："身长八尺，仪貌都雅。"

⑮陂池：池塘。

⑯膏肓：比喻难以弥补的失误或缺点。

⑰钟鼎：指高位重任。

⑱高牙：大纛（dào）旗，指声势显赫。《文逸·潘岳〈关中诗〉》："桓桓梁征，高牙乃建。"李善注："牙，牙旗也。兵书曰：牙旗，将军之旗。"李周翰曰："牙，大旗也。"

⑲昼绣：即昼锦，指富贵还乡，向乡里夸饰自己的荣耀。《汉书·项籍传》载，秦末项羽入关，屠咸阳。或劝其留居关中，羽见秦宫已毁，思归江东，曰："富贵不归故乡，如衣锦夜行。"《史记·项羽本纪》作"衣绣夜行"。后遂称富贵还乡为"衣锦昼行"，省作"昼锦"。

【赏读】

此文作于宋孝宗乾道七年（1171），陆游四十七岁，在夔州通判任上。

《乐郊记》，名为记"乐郊"，实则还记了乐郊的主人李晋寿，而且重点在李晋寿。乐郊这所园子，陆游并没有亲眼所见，他所看到的只是李晋寿自己所画的《乐郊图》。

李晋寿对自己的乐郊赞不绝口，几乎视若珍宝，称其为一州之冠，其园中之奇异者，往往从千里以外得来。在李晋寿看来，中原散乱，江南亦常有战事，太平之文物，前辈之风流，基本上扫荡一空了。而乐郊的珍贵之处，不仅在于其中收藏了大量的奇珍异草，是一个物质上的小型世外桃源，还在于这里是李晋寿的精神乐土，能够给他带来快乐，故名"乐郊"。

在李晋寿的笔下，乐郊是一个奇园；而在陆游的眼里，李晋寿是一位奇人。他既有燕赵悲歌之士的气概："长身铁面，音吐鸿畅，遇事激烈奋发，以全躯保妻子为可鄙，其意气岂不壮哉！"又有"梁宋间少年贵公子不能过"的雅致："为客置酒，出佳侍儿陈书画琴弈，相与娱嬉，则雍容都雅，风味乃甚可爱。"两种元素完美地统一在一个人身上，这大概才是陆游最为赞赏李晋寿的地方，同时也是陆游最渴望达到的境界。

李晋寿不喜声色利禄，有官不仕，甘愿老于泉林之下。而夔州诸公却替李晋寿着急，认为他应该出仕，而李晋寿却不以为然，一刻也不忍忘乐郊。陆游虽然没有明确表示支持还是反对，但他的笔下之意已经很明显：

出仕和归隐都是一种癖好。有人热衷于仕途，仕而忘归，与李晋寿乐于泉林而不愿出仕是同一个道理，完全没必要强劝。人各有志，开心就好。

《东楼集》 序

余少读地志，至蜀、汉、巴、僰①，辄怅然有游历山川、揽观风俗之志。私窃自怪，以为异时②或至其地以偿素心③，未可知也。

岁庚寅④，始溯硖⑤。至巴中，闻《竹枝》⑥之歌。后再岁，北游山南⑦，凭高望鄠、万年⑧诸山，思一醉曲江、渼陂⑨之间，其势无繇⑩，往往悲歌流涕。又一岁，客成都、唐安⑪，又东至于汉嘉⑫，然后知昔者之感，盖非适然⑬也。到汉嘉四十日，以檄得还成都。因索在笥⑭得古律三十首，欲出则不敢，欲弃则不忍，乃叙藏之。

乾道九年六月二十一日，山阴陆某务观序。

【注释】

①蜀、汉、巴、僰：泛指今川渝、陕南地区。蜀，今四川成都一带。汉，今陕西汉中一带。巴，今川东、鄂西一带。僰（bó），古代西南少数民族名称，亦指僰人所居

今川南及滇东一带。

②异时：他时，以后。

③素心：本心，素愿。

④岁庚寅：即庚寅岁，此处指宋孝宗乾道六年（1170）。

⑤硖：同"峡"，指长江自荆州至夔州一段。

⑥《竹枝》：即《竹枝词》。本为巴渝（今四川东部）一带民歌，唐诗人刘禹锡据以改作新词，歌咏三峡风光和男女恋情，盛行于世。后人所作也多咏当地风土或儿女柔情。其形式为七言绝名，语言通俗，音调轻快。刘禹锡《洞庭秋月》诗："荡桨巴童歌《竹枝》，连樯估客吹羌笛。"

⑦山南：指终南山以南，即汉中地区。

⑧鄠（hù）、万年：皆西安地区古县名。

⑨曲江、渼陂（měi bēi）：皆为盛唐开元间士大夫岁时游赏胜地。曲江，即曲江池，在今陕西西安东南。渼陂，即渼陂湖，在今陕西西安鄠邑区。

⑩其势无繇（yóu）：因上述地区当时皆为金国所占，故不可前往。无繇，即无由，没有门径，没有办法。

⑪唐安：古县名，即古之蜀州，在今四川崇州东南。

⑫汉嘉：古县名，在今四川芦山。

⑬适然：偶然。陆游入川三年，足迹遍及古蜀、汉、巴、夔地区，故称"昔者之感，盖非适然也"。

⑭笥（sì）：盛饭或衣服的方形竹器。

【赏读】

此篇作于宋孝宗乾道九年（1173），陆游四十九岁。

《东楼集》收入陆游入蜀后所作的古律三十首，此篇即其自序。有学者以为，"东楼"可能是陆游在成都的寓所。《东楼集》是陆游作品的最早结集。后来，他将《剑南诗稿》《续稿》以及稿外所搜罗的诗篇共两千余首刊印，《东楼集》所收三十首古律也散入其中，"此集之风貌，遂无从觅其踪迹"（《陆游全集校注》）。朱东润也认为，正是陆游"欲出则不敢，欲弃则不忍"，"这部作品终于散失了"。

陆游说自己少读地志，"辄怅然有游历山川、揽观风俗之志"，然后在私下里幻想，或许某一天会到那个曾经很向往的地方。乾道六年（1170），陆游四十六岁时，真的到了他少年时代曾想去的"蜀、汉、巴、僰"一带，这究竟只是偶然，还是必然？或许已不重要，重要的是他为什么到这里？他在这里又做了些什么？

陆游入蜀，任为夔州通判，后入王炎幕府。乾道八年（1172）正月，陆游从夔州启程，取道万州、梁山军、邻水、岳池、广安、利州。途经筹笔驿，有感于诸葛亮《出师表》及谯周作降表之事，赋诗叹之，借以讽喻当世。同年三月，抵南郑。南郑是当时四川宣抚使司所在地，更是宋金对峙的前线，地理形势极为重要，为宋金必争之地，不少志士将此地视为南宋恢复中原的根据地，甚或建议南宋当建都于此，陆游即持此论。

陆游在南郑前线虽然只有短短半年时间，但他却为恢复中原奔波不止，并写下了大量意欲恢复中原的诗篇。当他北至终南山之南，凭高望鄠、万年诸山，思一醉曲江、渼陂之间时，忽然想到这些壮美的河山还在敌国手中，不禁悲歌流涕。驻马南郑是陆游一生中唯一一次真正来到抗金前线、亲身投入抗金事业的经历，这段经历给他一生带了不可磨灭的影响。直到晚年闲居故乡山阴，他还深情地感叹道：

　　　当年万里觅封侯。匹马戍梁州。关河梦断何处，尘暗旧貂裘。　　　胡未灭，鬓先秋，泪空流。此生谁料，心在天山，身老沧洲。

乾道八年（1172）九月，王炎调任枢密使大中大夫，陆游亦调任成都府安抚司参议官，十一月赴成都任。乾道九年（1173）春，权通判蜀州事。以上两任，即序中所谓“客成都、唐安”。同年夏，摄知嘉州事，不久，他又匆匆赶回成都。这就是他离开南郑后，来回奔波、无所建树的一年。而《东楼集》所收的古律三十首，大体就是从入蜀到此时所作。因此，其所谓“欲出则不敢”，究竟只是谦虚地认为自己的诗作水平不高，还是因为这些诗作的内容而不敢出？于北山即认为"盖忧国情深，语多激切"，故不敢出。笔者也认同此说。

　　每个人从小可能都会有一种情结，情结的内容虽然各不同，但对于人的影响有时会很深远。当陆游少时游两川的情结真正变成现实的时候，作为情感丰富且笔力饱满的大诗人，他当然有许多的话要说。然而，谁又能想到，等他说完这些话之后，却又遮遮掩掩地不敢拿出来。这，或许就是成长的代价。

跋《岑嘉州诗集》

　　予自少时，绝好岑嘉州①诗。往在山中，每醉归，倚胡床睡，辄令儿曹诵之，至酒醒，或睡熟，乃已。尝以为太白、子美之后，一人而已。今年自唐安别驾②来摄犍为③，即画公像斋壁，又杂取世所传公遗诗八十余篇，刻之以传知诗律者。不独备此邦故事，亦平生素意也。

　　乾道癸巳八月三日，山阴陆某务观题。

【注释】

　　①岑嘉州（约715~770）：即岑参，唐代著名边塞诗人。晚年曾任嘉州刺史，因称"岑嘉州"。详见本文"赏读"部分。

　　②别驾：官职名，汉代为州刺史的佐吏。陆游知嘉州前为蜀州通判，故有此称。

　　③犍为：汉代设犍为郡，当唐宋之嘉州。陆游由蜀州通判来摄知嘉州事，故称。

【赏读】

此文作于宋孝宗乾道九年（1173），陆游四十九岁。

人的一生中，总有一些缘分是注定的。这些缘分，或是一个人，或是一本书，又或是一个人的一本书。陆游就有这样的缘分。他自少时，就绝爱岑参的诗，长大后，这种热忱仍不减当年。每外出游山而醉归，便靠在胡床上，叫儿子们给他诵读岑参的诗，一直听到他酒醒，或直到他熟睡。他对岑参诗的评价极高，推崇备至，以为李太白、杜子美之后，仅此一人而已。

这样长年的浸润，如果说没有受到对方潜移默化的影响，似乎是不可能的。我们都知道岑参是唐代著名诗人，其边塞诗尤冠绝一时。岑参的边塞诗之所以有如此高的成就，大概与他曾两度出塞、身处西域六年的经历有关。唐代边塞诗人不止岑参一位，但真正到过边塞并戍边如此之久的，大概就数岑参了，更何况他去的是遥远的西域。远在天之涯地之角的西域，人文、自然等诸多方面与中原地区大为不同。尤其是西北边塞的奇异风光与风物人情，不仅给岑参的感官上带来了巨大的刺激，也极大地开阔了岑参诗歌的境界，这使得他笔下的西域世界，展现出雄浑壮阔、气势磅礴的独特一面。譬如他的名作《白雪歌送武判官归京》开篇就是："北风卷地白草折，胡天八月即飞雪。忽如一夜春风来，千树万树梨花开。"这种"纵横跌荡，大气盘旋"（《唐贤清雅集》）的意境，不曾亲到西域的人，是难以想象出的。

反观陆游的一生，他的足迹从未远至西域，蜀中是他一生去过最远的地方，但只要细读他的诗词就会发现，像"轮台""天山"这样的西域意象，随处可见，俯首即是。比如："僵卧孤村不自哀，尚思为国戍轮台""此生谁料，心在天山，身老沧州"。当然，陆游一生主张恢复中原，梦境中虽也出现过直捣西域葱岭之事，但他诗词中的"天山""轮台"则主要指代南宋的边境地区，而非真正的西域。可以用来指代边境的意象有很多，但从未到过西域的陆游，笔下为何频频出现西域意象？笔者以为，这与陆游自少时便喜爱岑参的诗不无关系。"天山""轮台"等意象，都是岑参边塞诗中出现频率最高的西域意象，如上引的《白雪歌送武判官归京》，最后两句就是："轮台东门送君去，去时雪满天山路。"这个轮台，就是岑参第二次出塞、在安西北庭都护府内任判官时所驻守的地方。唐代轮台旧址在今乌鲁木齐附近，这里是古代中原通往西域的咽喉要道之一，而岑参边塞诗中的名篇，大多作于轮台。

这篇跋文是陆游在知嘉州事任上所作的。陆游到嘉州以后，为了纪念他少年时期的偶像岑参，不仅在官署的墙壁上画了岑参的像，还搜集了八十余首岑参的诗刊行于世，总算完成了多年的夙愿。这位陆嘉州为他的偶像岑嘉州所作的跋，就是他们之间缘分最好的见证。

红栀子华赋[①]

　　余读五岳之书，始知蜀之青城。岁癸巳[②]之仲冬，天畀予以此行。极山中之奇观，乃税驾[③]乎云扃[④]。挹[⑤]瀑泉之甘寒，味芝术[⑥]之芳馨。濯肺肝之尘土，凛毛骨其凄清。

　　乃步空翠之间，而听风松之声。睹一童子，衿佩青青。手持异华，六出其英。以为薝卜[⑦]则色丹，盖莫得而强名。方就视而爱叹，已绝驰而莫及。忽矫首而清啸，犹举袂而长揖。援修蔓而上腾，擘峭壁而遽入。敬变灭于转盼[⑧]，久惝恍而伫立。

　　有老道士，笑而语予："人皆可以得道，求诸己而有余；顾舍是而外慕[⑨]，宜见欺于猿狙[⑩]。"嗟予好学而昧道，有书而无师。虽粗远于声利，实未免夫喜奇。请书先生之言，用为终身之规。

【注释】

　　①红栀子华：华，同"花"。栀子，常绿灌木或小乔

木。叶子对生，长椭圆形，有光泽。春夏多开白花，香气浓烈，以开红花为奇。景焕所撰《野人闲话》、张唐英所著《蜀梼杌》均记载此花因为蜀主所爱而极为名贵。

②癸巳：即宋孝宗乾道九年（1173）。是年夏，陆游由蜀州通判改任知嘉州事，不久离任。其游青城山而见红栀子花，即在是年冬。

③税驾：解驾，停车。谓休息或归宿。《史记·李斯列传》："物极则衰，吾未知所税驾也。"司马贞索隐："税驾，犹解驾，言休息也。"

④云扃：高山上的屋门。

⑤挹（yì）：舀，把液体盛出来。

⑥芝术：草药名。

⑦薝卜：梵语 Campaka 音译，又译作"瞻卜伽""薝波迦""瞻波"等，意译为郁金香，一说即栀子花。

⑧转盼：转眼间。

⑨外慕：即别有所求，别有喜好。

⑩狙（jū）：古书中记载的一种猴子。

【赏读】

此文未署年月，然据文意，当在宋孝宗乾道九年（1173）或之后。

人的一生中，会因为某种机缘，来到一个自己从未曾想到的地方，其间所见所闻、所感所想却会永远印刻在记忆的最深处。此后只要有所触动，就会牵出那个地方那段岁月。即便他从此再也没有回去过。

　　陆游的蜀中生涯无疑是他一生最为难忘的岁月，蜀中的生活见闻时时在他笔下呈现，即使他出蜀之后再也没有回去，但我们仍可以看到那段蜀中生涯经常在他笔下重现。他自乾道六年（1170）到夔州任通判，至淳熙五年（1178）奉诏回京，前后近九年，遍历蜀中，留下了不少动人的篇章。这篇《红栀子华赋》，描写的就是蜀中名山青城山中的红栀子花。陆游为什么会为一种花而写一篇赋？因为红栀子花并非凡花，而是蜀中名花，五代十国时的前后蜀国国主都极爱此花，因而极为贵重。但陆游此赋标新立异，并非赞颂红栀子花的贵重，写来与众不同。

　　青城山是道教名山，开在青城山中的红栀子花自然也要清新脱俗，才能与这名山相匹配。陆游所见的红栀子花，就是由一个衿佩青青的童子手持而来的。方就近观看，这个持花的童子却转瞬不见了，好像腾云上了天，又好像遁进了陡崖峭壁，只留下陆游一人怔怔地伫立。未几，又出来一个人，陆游一看，不是刚才的童子，却是一个老道士。老道士笑盈盈地对陆游说："人人都可以得道，关键是怎么才能得道。如果求诸己，则得道而有余；如果舍此而慕外，那就徒然被我这青城山的猿猴所笑了。"青城山中的红栀子花，青衣童子执红花，一青一红，构成了强烈的反差给人留下了深刻的印象。

自闵①赋

　　余有志于古兮，骋自壮岁；慕杀身以成仁兮，如自力于弘毅。视暗室其犹康庄兮，凛昭昭之可畏；敢以不赀②之身兮，差冒没于富贵。嗟摧不自止兮，草奋如羣；余旁睨而窃怪兮，抵掌③戏歉；吐狂喙之三尺兮，论极泾渭。

　　徒被斋④而洁芳兮，蹈道则未；念国中孰知我兮，去而远游。穷三江而浮七泽兮，莫维余舟；赤甲⑤崇崇兮，白盐⑥酋酋。东屯⑦之下兮，清泉美畴；是可以置家兮，予即而谋。忽驰骋而北首兮，道阻且悠；宕渠⑧葭萌⑨兮，石摧车辀。云栈⑩剑阁⑪兮，险名九州；遂戍散关⑫兮，北防盛秋。登高以望兮，慷慨涕流；画策不见用兮，宁钟釜之是求。归过蜀而少休兮，卜城南之丘；筑室凿井兮，六年之留⑬。或挽而出兮，遗以百忧；奚触而忿兮，起为寇雠。

　　惟节士以见疑兮，趋以即死；岂摧辱⑭之不置兮，尚驰骛而弗止。彼贱丈夫之希世⑮兮，顽钝无耻；虽钳

于市其犹安受兮，何有于诋訾。毁吾车兮殿门，逝将
老于故里。

【注释】

①闵：同"悯"。

②不赀（zī）：形容十分贵重。陆采《怀香记·哀中闻喜》："忽为无益之悲，致损不赀之体。"

③抵掌：击掌。指人在谈话中的高兴神情。亦指快谈。《史记·滑稽列传》："（优孟）即为孙叔敖衣冠，抵掌谈语。"裴骃集解引张载曰："谈说之容则也。"

④祓（fú）斋：沐浴斋戒。

⑤赤甲：山名，在今重庆奉节东南。

⑥白盐：山名，在今重庆奉节东。岩壁高峻，色若白盐，因名。

⑦东屯：地名，在今重庆奉节。

⑧宕渠：古县名，在今四川渠县东北，南朝宋废。东汉末以后，屡为宕渠郡治所。

⑨葭萌：即葭萌关，古关名，在今四川广元。

⑩云栈：即连云栈，在今陕西汉中西北。

⑪剑阁：在今四川剑阁县东北剑门镇剑门关。

⑫散关：即大散关，在今陕西宝鸡西南大散岭上。历史上为秦、蜀往来要道，是古来兵家必争之地，是当

时宋金对峙的前线。

⑬六年之留：指乾道八年（1172），陆游由汉中前线调任成都府路安抚司参议官，至淳熙五年（1178），奉诏还京。

⑭摧辱：摧折，侮辱。

⑮希世：迎合世俗。《庄子·让王》："原宪笑曰：'夫希世而行，比周而友……宪不忍为也。'"陆德明释文引司马彪云："希，望也。所行常顾世誉而动，故曰希世而行。"

【赏读】

此文未署年月，然据文意，当在宋孝宗淳熙五年（1178）陆游出蜀之时或之后。

放翁之所以卓然成一大家，不仅工诗，而且工文；不仅工文，且各体皆工。放翁的文名，主要被他的诗名所掩盖，其实他的《渭南文集》《入蜀记》《老学庵笔记》中的许多名篇都可堪传世，他的《南唐书》更是一部不可多得的良史。如果说他的序跋文以短小精悍、庄重而不失诙谐为特色，那么他的赋体文则以渲染排比、铺陈而不失简练见长。赋体文往往规模宏大，辞藻骈俪，气象万千，但同时也容易流于形式，甚至有千篇一律之感。放翁的赋体文则不同，往往只抓一事一物、一悲一喜而成赋，即善用"赋"这样的"大文体"来抒写自己的"小事体"，这样的赋，自然真情实感，余韵悠长。

　　放翁一生没想过要做诗人，也没打算要做诗人，但他却成了千年一出的大诗人。纵观放翁的一生，他的主要成就不在仕途，而在文学，这虽不是放翁所愿，但事实确实如此。我们今天在为放翁那天才般的文学成就所折服、所赞叹之时，可曾想过这些传诵千古的篇章是如何写出来的？不曾痛哭长夜者，不足以悟人生。放翁虽是亘古男儿，但他首先也是一个有血有肉的人。立志报国的他，从未真正实现理想，甚至连实现理想的方向都没有找到。在那些动人篇章的背后，在那些万籁俱寂的深夜，谁知道这位亘古男儿或曾痛哭失声，或曾泪流满面？所幸，他没有假装很坚强，也没有假装从不曾难过，他给我们留下了这篇《自闵赋》。除了这篇《自闵赋》，放翁还有一首《自闵》诗，诗曰：

　　　破帽羸骖厌垢氛，挂冠归伴故溪云。
　　　年光疾病占强半，日景睡眠居七分。
　　　庐冢萧条频霣涕，交朋零落久离群。
　　　残年岂复行孤学，自闵犹尊昔所闻。

　　当然，除了这一赋一诗外，放翁还有不少的自悯之句。如今，抚卷览之，我们怎能不为他感到悲痛？

跋《晁百谷字叙》[①]

名者，士所愿也，而或惧太早，何哉？吾测之审矣，少而得名，我不能不矜，人不能不忌。以满假[②]之心，来[③]谗慝[④]之口，几何其不踬[⑤]也。

吾元归年甫二十，笔力扛鼎[⑥]，不患无名，患太早耳。虽然，洪道[⑦]方力张其名，而吾独欲其退避掩覆，元归未必乐也。异时出入朝廷，更历世故，会当思吾言也夫！

淳熙庚子二月三日，山阴陆某书。

【注释】

①跋《晁百谷字叙》：晁百谷二十岁取字时，请周必大作叙。此文便是陆游为周必大的叙所作的跋，这一序一跋的旨趣颇有不同。晁百谷，字元归，晁子与之子。

②满假：自满自大。《书·大禹谟》："克勤于邦，克俭于家，不自满假。"孔传："满，谓盈实；假，大也。"孔颖达疏："言己无所不知，是为自满；言己无所不能，

是为自大。"

③来：招来，招致。

④谗慝（tè）：谗谤，奸邪。《尔雅》："崇谗慝也。"释文："慝，言隐匿其情以饰非。"

⑤踬（zhì）：被绊倒，引申为不顺利、受挫折。

⑥扛鼎：举鼎，比喻有大才，能负重任。此处指文笔沉雄有力。

⑦洪道（1126～1204）：即周必大，字洪道，一字子充，号平园老叟。南宋名臣、文学家，封益国公，故亦称"周益公"。陆游的好友。

【赏读】

此文作于宋孝宗淳熙七年（1180），陆游五十六岁。

出名，大概是不少人的愿望。有些人年纪轻轻，甚至还在儿童阶段就出名了。但人生的发展必然有一定的规律，过早出名有时候不仅不利于日后的长远发展，反而会将原本大有可为的天赋给扼杀了。"神童"听说过不少，但后来"泯然众人矣"的，也大有人在，我们所熟知的"神童"方仲永就是其中的一个。正因为如此，放翁先生很担心他笔下的晁百谷也会被过早的虚名所累。

晁百谷年方二十，但已经笔力扛鼎，所以放翁说："不患无名，患太早耳。"放翁说的是二十岁的晁百谷，而大名人周必大笔下十岁的晁百谷就已有成人之风，后来更是"仪矩肃然，音吐琅然"，连周必大都"不敢以童子待也"。于是力捧晁百谷，想让他更出名。而放翁对此很忧虑，本意是想劝劝晁百谷，不要太骄傲，因为少年得志，难免走路带飘。这样不仅容易迷失自我，还会招致他人的羡慕嫉妒恨，慢慢就会演变成祸根。放翁心里很清楚，顺的好吃，横的难咽，忠言从来多逆耳，良药哪有那么甜？更何况参知政事周大如此"力张其名"。放翁想了想，只能委婉地说："将来你出入朝廷，更历世故，应该就会想起老夫今天说的话了。"

　　放翁为什么这么说，因为他自己就是这么过来的。想当年，老夫"名动高皇"，连大宋高宗皇帝都知道老夫，然而又怎么样呢？只落得个"语触秦桧"，得罪了权奸秦桧，两次被他陷害，直到三十四岁才混了个福州宁德县主簿的小差事，三十八岁才赐进士出身。此后宦海沉浮，漂泊不定，在蜀中待了九年，弄了个"放翁"的雅号回来。老夫给你作跋的时候，正在家闲居，而这已经不是第一次闲居了。孩子，老夫也年轻过，老夫年轻的时候比你更狂。人生的路还很长，要稳住，不要飘，飘得越高，摔得越疼。你今天或许以为老夫在危言耸听，别着急，等将来你出入朝堂之时再回味老夫这番话，定另有一番感悟。

抚州广寿禅院经藏记

淳熙己亥[①]冬十二月，予使江西，治在抚州。其东是为广寿禅院，每出，辄过焉。僧守璞方为轮藏[②]。予之始至也，才屹立十余柱，其上未瓦，其下未甃[③]，其旁未垣，经未瓯甀[④]，其止山立，其作雷动，神呵龙负，可怖可愕，丹垩[⑤]金碧，殆无遗功。而守璞俨然燕坐[⑥]，为其徒说出世间法，土木梓匠之问，不至丈室，若未尝有是役者。

比明年冬十一月，予被命诣行在所[⑦]，璞乃砻石乞予为记。予慨然语之曰："子弃家为浮屠氏，祝发坏衣徒跣行乞，无冠冕、轩车、府寺以为尊也，无官属、胥吏、徒隶以为奉也，无鞭笞、刀锯、图圄、桎梏与夫金钱、粟帛、爵秩、禄位以为刑且赏也，其举事宜若甚难。今顾能不动声气，于期岁之间，成此奇伟壮丽百年累世之迹。予切怪士大夫操尊权，席利势，假命令之重，耗府库之积，而玩岁愒日[⑧]，事功弗昭，又遗患于后，其视子岂不重可愧哉？"既诺其请，又具载语守璞者，以励吾党云。

是月十九日，朝请郎提举江南西路常平茶盐公事赐绯鱼袋，陆某记。

【注释】

①淳熙己亥：即宋孝宗淳熙六年（1179）。

②轮藏：能旋转的藏置佛经的书架。设机轮，可旋转，故名。田汝成《西湖游览志余·方外玄踪一》："乃就山中建大层龛，一柱八面，实以诸经，运行不碍，谓之轮藏。"

③甃（zhòu）：砖。《资治通鉴·唐僖宗广明元年》："畋（郑畋）曰：'诸君劝畋臣贼乎！'因闷绝仆地，甃伤其面。"胡三省注："甃，甓也。"

④瓯㔶（guǐ jí）：藏在书匣子中。

⑤丹垩（è）：涂红刷白，泛指油漆粉刷。垩，一种白色土。崔豹《古今注·都邑》："其上皆丹垩，其下皆画云气、仙灵、奇禽怪兽。"

⑥燕坐：安坐，闲坐。

⑦行在所：指南宋都城临安。南宋仍以北宋故都开封为京城，而以其实际政治中心临安为行在。

⑧玩岁愒（kài）日：苟安岁月，荒废光阴。典出《左传·昭公元年》："主民，玩岁而愒日，其与几何？"

【赏读】

此文作于宋孝宗淳熙七年（1180），陆游五十六岁。

放翁于宋孝宗乾道六年（1170）十月抵达夔州，开始长达九年的蜀中生涯。作此文时，他已离开蜀中，结束了他一生中唯一一次亲临抗金前线的生涯。细算来，放翁入仕至今二十余年，每次任职的时间都很短，一年一调是常事，有时只在任几个月，甚至更短，这期间还曾遭罢官，或担任只领俸禄而无职事的奉祠。放翁抗金报国的理想从未真正实现，实现的过程和途径也基本上没有看到。理想与现实的巨大差距曾一度让他绝望，理想既难以实现，不如自号放翁，做一个闲云野鹤；然而，怎么可能说放下便放下？当铁马冰河入梦来，身随皇帝御驾亲征，尽复汉唐故地，那才是他真正心心念着的。

作此篇的前两年，放翁奉诏回京。二月，由成都出发，当年秋天抵临安，被任命为提举福建常平茶盐公事。冬天就马不停蹄赶赴建安就任。次年秋，又奉诏回京，改任提举江南西路常平茶盐公事，又匆匆赶赴抚州就任，即本文开篇所说的"淳熙己亥冬十二月，予使江西，治在抚州"，本文就作于到任次年的十一月。然而，就在写完本文之后几天，放翁又奉诏回京，赶到衢州，又得旨许免入奏，仍除外官，但马上又遭弹劾，遂奉祠，回乡闲居。

　　放翁在这篇文章里借描写一个没有权力、没有地位、没有俸禄、没有从人的普通僧人守璞在不到一年的时间里建造了一个神奇的轮藏之事，严厉斥责了手操尊权、发号施令、耗费库房钱粮无数的高官显要只知"玩岁愒日，事功弗昭"的劣迹。将批判的矛头直指统治者，读来令人拍案称快，但同时又为放翁先生着实捏了一把汗。

　　在这篇文章中，我们不仅能读出一个瞋目怒骂的爱国志士形象，还能读出一个老于奇思妙笔的文章大家形象。全文不仅将僧人守璞与不作为的士大夫相比照，还将建造轮藏之难及轮藏之妙与守璞的从容淡定相比照。可用资源极少的守璞，面对这样一个难度极高的工程，竟然能俨然闲坐，从容说法，仿佛就没这件事一样。让人不禁感叹这位守璞和尚，不仅是有道高僧，还是一位指挥若定、决胜千里的大将之才。

跋《东坡诗草》

东坡此诗云："清吟杂梦寐，得句旋已忘。"①固已奇矣。晚谪惠州，复出一联云："春江有佳句，我醉堕渺莽。"②则又加于少作一等。近世诗人老而益严，盖未有如东坡者也。学者或以易心读之，何哉？

淳熙九年五月二十六日，玉局祠吏③陆某书于镜湖④下鸥亭。

【注释】

①"清吟"二句：出自苏轼《湖上夜归》。

②"春江"二句：出自苏轼《和陶〈归园田居〉六首》。

③玉局祠吏：时陆游以朝奉大夫主管成都府玉局观，奉祠居家。

④镜湖：又名鉴湖，在今浙江绍兴，乃陆游故乡。

【赏读】

此文作于宋孝宗淳熙九年（1182），陆游五十八岁。

有人说放翁像小太白，有人说放翁像小老杜，还有人说他才兼李杜，笔者却说他像小东坡，特别是越到晚年，越得东坡先生神韵。何以言之？请诸君试看放翁全集，仅《渭南文集》就有十四篇有关东坡的跋文，是文集中关于同一个人物作跋最多的。这十四篇跋分别是：《跋〈东坡诗草〉》、《跋东坡〈问疾帖〉》、《跋〈苏氏易传〉》、《跋东坡帖》二篇、《跋东坡〈祭陈令举文〉》、《跋东坡〈七夕词〉后》、《跋〈东坡谏疏草〉》、《跋东坡代张文定上疏草》、《跋〈东坡书髓〉》、《跋〈东坡集〉》、《跋坡谷帖》、《跋〈三苏遗文〉》、《跋中和院东坡帖》。爱他，就为他写十四篇跋。不唯如此，放翁还为东坡写过一篇像赞、一篇《〈施司谏注东坡诗〉序》，还把东坡法帖编成《东坡书髓》，三十年间，未尝释手。很显然，放翁是东坡的小迷弟。

那我们不禁要问，放翁为何如此喜欢东坡？我们不妨用他自己在这篇跋文里的话来回答："近世诗人老而益严，盖未有如东坡者也。"何意？就是近世人作诗，越到老年，越装出倚老卖老、唯我独尊的严酷神态，老板着个脸写诗，使人望而生畏，甚至望而生厌。而东坡先生则不同，越到老年，越是在逆境中，越是超尘拔俗、飘逸狂放，嬉笑怒骂皆成文章。一言以蔽之，东坡作诗，始终以人性的本真为宗旨，毫无矫揉造作之感。放翁的这种意思，在他的《跋东坡〈七夕词〉后》说得更明确：人家作七夕词，都是表达惜别之痛，而东坡却说"相逢一醉是前缘，风雨散、飘然何处"。放翁惊为"星汉上语，歌之曲终，觉天风海雨逼人"。因此，放翁劝告"学诗者当以是求之"。

东坡神来之笔，自非俗客能及。他才华横溢，在诗、词、文、书画等各领域都达到了绝高的境界，妥妥的一个才子。纵观两宋，似乎没人能同时在这几方面与东坡相较，但就某一个方面，倒有可以和他争一日之长的人。比如：在散文方面，有包括东坡在内的"唐宋八大家"；在填词方面，有稼轩与之并称"苏辛"；在书法方面，有其与黄庭坚、米芾、蔡京这样的"宋四家"；在诗歌方面，能与东坡并驾齐驱的，就要属放翁先生了，二人并称"苏陆"。"苏陆"之并称，非后人所追封，而是放翁生前就有人认为只有放翁才懂苏诗。何以知之？请看放翁所撰《〈施司谏注东坡诗〉序》：

　　　　某顷与范公至能会于蜀，因相与论东坡诗，慨然谓予："足下当作一书，发明东坡之意，以遗学者。"某谢不能。他日，又言之。

　　范公至能，即范成大，字至能，也是著名诗人，和陆游、杨万里、尤袤并称"南宋中兴四大家"。所谓"与范公至能会于蜀"，是指淳熙二年（1175），范成大知成都府兼四川制置使，陆游先此五年入蜀，始任夔州通判，后入四川宣抚使王炎幕中，再调回成都，在范成大麾下任参议官。也就是说，两人实际上是上下级的关系。但同为大诗人的范成大，岂能因职位之贵贱看轻陆游？两位大诗人相会于成都，谈诗是他们不可或缺的内容。既然要谈诗，苏东坡的诗，又岂能不谈？二人促膝同论，谈至兴处，范成大慨然大喜，建议陆游做一本书，"发明东坡之意"，以嘉惠学诗之人。范成大之所以"慨然"建议，自然是觉得陆游懂苏诗，并非一般的泛泛之谈。陆游谦称不敢。但没想到，范成大后来又提到了此事。然而很遗憾的是，我们这位陆大诗人最终也没写出一部能"发明东坡之意"的大著来，但所幸我们通过上述十四篇跋文和这篇序文，已经大体可以看出一些精要。而且，通过这件事我们亦可以看出陆游对范成大认可自己懂苏诗的自得之意。

　　如果说这种语气还是比较隐约的，那么，我们不妨再来看看放翁自己又是怎么说的。作《跋〈东坡诗草〉》时，放翁已经出蜀，闲居故乡，领着一个"主管成都府玉局观"的虚职，但他却在落款里特地写上了

"玉局祠吏陆某"，同时自言"书于镜湖下鸥亭"。试看放翁全集，在文后署职衔的情况并不多见，何况是这样一个在家闲居的虚职，对他来说又有什么荣光可言？然而不要忘了，大家笔下纵有千言，但绝不轻下一字。放翁之所以署上"玉局祠吏陆某"，是因为他的偶像苏东坡也曾做过主管"成都府玉局观"的虚职。这虽然是个虚职，但毕竟是朝廷任命，无论你多不愿意，还得上表称谢呀！于是，老苏就专门写了一篇《提举玉局观谢表》，把皇帝夸得像朵花儿似的，表示一定不会忘了皇恩浩荡，一定好好干，一定尽忠报国。但是，这是写给皇帝看的，老苏心里到底怎么想，那要看看他的诗。他在《永和清都观谢道士童颜鬒发问其年生于丙子盖》一诗中，公然以"玉局翁"自嘲：

　　镜湖敕赐老江东，未似西归玉局翁。

意思是，你老道能老于江东，比我这一把年纪去主管什么玉局观的老翁强多了。

　　无独有偶，八十年后，同样主管玉局观的陆放翁自称"玉局仙"。他在《口占送岩师还大梅护圣》一诗中说：

　　放翁白发已萧然，黄纸新除玉局仙。

这里的"玉局仙"，显然是放翁自指，自称"玉局仙"的放翁，不就是"玉局翁"吗？但有意思的是，这位

"玉局仙"同时还怀念着另一位被他称为"玉局仙"
的人:

　　　　坐诵空蒙句,予怀玉局仙。 (《真珠园雨中
　　作》)

　　诗中的"玉局仙"是谁?是苏东坡,还是陆放翁?
又或是你中有我、我中有你?话说到这个份上,放翁老
先生是不是颇有点"猜猜我是谁"的意思了?

书巢记

　　陆子既老且病，犹不置①读书，名其室曰"书巢"。客有问曰："鹊巢于木，巢之远人者；燕巢于梁，巢之袭人者。凤之巢，人瑞之；枭之巢，人覆之。雀不能巢，或夺燕巢，巢之暴者也；鸠不能巢，伺鹊育雏而去，则居其巢，巢之拙者也。上古有有巢氏②，是为未有宫室之巢。尧民之病水者，上而为巢，是为避害之巢。前世大山穷谷中，有学道之士，栖木若巢，是为隐居之巢。近时饮家者流③，或登木杪④，酣醉叫呼，则又为狂士之巢。今子幸有屋以居，牖户墙垣，犹之比屋也，而谓之巢，何邪？"

　　陆子曰："子之辞辩矣，顾未入吾室。吾室之内，或栖于椟⑤，或陈于前，或枕藉⑥于床，俯仰四顾，无非书者。吾饮食起居，疾痛呻吟，悲忧愤叹，未尝不与书俱。宾客不至，妻子不觌⑦，而风雨雷雹之变，有不知也。间有意欲起，而乱书围之，如积槁枝，或至不得行，则辄自笑曰：'此非吾所谓巢者耶。'"乃引客就观之。客始不能入，既入又不能出，乃亦大笑曰："信乎其似巢也。"

客去，陆子叹曰："天下之事，闻者不如见者知之为详，见者不如居者知之为尽。吾侪⑧未造夫道之堂奥，自藩篱之外而妄议之，可乎？"因书以自警。

淳熙九年九月三日，甫里陆某务观记。

【注释】

①不置：不舍，不止。

②有巢氏：上古传说中为避禽兽虫蛇筑巢而居的人，被尊奉为王，号曰有巢氏。《韩非子·五蠹》："上古之世，人民少而禽兽众，人民不胜禽兽虫蛇，有圣人作，构木为巢以避群害，而民悦之，使王天下，号曰有巢氏。"

③饮家者流：喜欢喝酒的人。《汉书·艺文志》将古代学说分为各个流派，有"儒家者流""道家者流"之说，此处即借用此意。

④木杪（miǎo）：树梢。

⑤椟：木盒，木箱。此处指木质书柜、书架。

⑥枕藉：物体纵横交错在一起。此处指书籍杂陈于床上。

⑦觌（dí）：相见。

⑧吾侪（chái）：吾辈，我辈。

【赏读】

此篇作于宋孝宗淳熙九年（1182），陆游五十八岁。

在放翁的政治生涯中，曾遭受过多次较大的打击，而在此前一年，他再次受到了重大的打击。淳熙八年（1181）三月，时任提举淮南东路常平茶盐公事的放翁被罢官赋闲，理由是"以臣僚论游不检饬，所为多越于规矩，屡遭物议故也"。放翁在故乡闲居一年有余之后，虽然再次被起用，除朝奉大夫，主管成都府玉局观，但这不过是一个闲差。《书巢记》就作于此后不久。

《书巢记》全文仍以传统的虚拟主客问答形式写出，全篇围绕一个"巢"字做文章，将自己坐拥书巢的幸福感抒发得淋漓尽致。确实，对于中国传统读书人而言，学而优则仕是他们理想的人生道路。当仕途顺利的时候，他们或许会成为一个影响时局乃至历史进程的风云人物；但当仕途坎坷的时候，他们就会从"仕"再次退回到"学"。这种"学"，既是对未仕之前的怀念和重温，但同时也是为再次出仕做必要的休整和准备。因此，这种由"仕"退回来的"学"，便显得尤为珍贵。它可以使人暂时摆脱仕途上的纷扰和凶险，一心沉醉在读书所带来的快乐之中。这种快乐，随着年事渐长而越发强烈，何况此时的放翁，已白发萧然，是年近六十的老人了。

　　但我们千万不要忘记，放翁内心收复河山的抱负从不曾磨灭。作此篇的前后，他还写了大量壮怀激烈的爱国诗篇，如《夜闻秋风感怀》《醉歌》《闭门》《野饮夜归戏作》《夜泊水村》《读书》《哀北》《悲秋》等。剥夺放翁的官职很容易，但要湮灭他心中的那团热火却很难，且几乎不可能。即便数年之后再次闲居，他仍大声疾呼："僵卧孤村不自哀，尚思为国戍轮台。"临终的绝笔诗，他仍在念念不忘："王师北定中原日，家祭无忘告乃翁。"

　　噫！亘古男儿一放翁！

焚香赋

陆子起玉局①，牧新定②。至郡弥年③，困于簿领④。意不自得，又适病瘠⑤。厌喧哗，事幽屏。却文移⑥，谢造请。闭阁垂帷，自放于宴寂之境。

时则有二趾之几，两耳之鼎。爇⑦明窗之宝炷，消昼漏之方永。其始也，灰厚火深，烟虽未形，而香已发闻矣。其少进也，绵绵如鼻端之息；其上达也，霭霭如山穴之云。新鼻观之异境，散天葩之奇芬。既卷舒而缥缈，复聚散而轮囷⑧。傍琴书而变灭，留巾袂之氤氲⑨。参佛龛之夜供，异朝衣之晨熏。

余方将上疏挂冠，诛茅筑室，从山林之故友，娱耄耋⑩之余日。暴丹荔⑪之衣，藏芳兰之苗，徙秋菊之英，拾古柏之实，纳之玉兔之臼⑫，和以桧华之蜜。掩纸帐而高枕，杜荆扉而简出。方与香而为友，彼世俗其奚恤。洁我壶觞，散我签帙⑬。非独洗京洛之风尘，亦以慰江汉之衰疾也。

【注释】

①玉局：道观名，即玉局观。陆游于宋孝宗淳熙九年（1182）提举玉局观。

②新定：即严州，州治在今浙江建德。陆游于淳熙十三年（1186）知严州事。

③弥年：过了一年。

④簿领：指官府记事的簿册或文书。

⑤眚（shěng）：眼睛生翳。

⑥文移：文书，公文。《后汉书·光武帝纪上》："于是置僚属，作文移，从事司察，一如旧章。"李贤注："《东观记》曰'文书移与属县'也。"

⑦爇（ruò）：点燃。

⑧囷（qūn）：回旋，围绕。

⑨氤氲（yīn yūn）：指烟云弥漫的样子。

⑩耄耋（mào dié）：犹高龄、高寿。耋，七八十岁的年纪。

⑪丹荔：略呈红色的薜荔。

⑫玉兔之白：指月宫里玉兔捣药的白。

⑬签帙：标签和书套，此泛指书籍。

【赏读】

此文未署年月，然据文意，当在宋孝宗淳熙十四年

（1187），即陆游知严州事一年以后。

此时的放翁，已是六十多岁的老人，对仕途也不再抱太大的希望。自从他知严州事以来，整天被官府文牍包围，弄得很没意思，而且眼睛也出现了问题。颇谙养生之道的他，预感到这样下去会出大问题。放翁累了，他需要疗养，不仅是身体上的，更是心理上的。于是，他闭门谢客，拒绝喧闹。官府文牍先扔一边，他要把自己藏在帷幕之后，让心灵去旅行。对于这个让他越来越懂、同时也越来越不懂的世界，放翁已不想再留恋。

焚香，是此时不可或缺的。随着轻烟袅袅，放翁进入了忘我之境，也可以说进入了唯我之境。他决定上表辞职，告老还乡，盖个草庐，寻访山林故友，消磨晚年时光。再种些花草松柏，弄个小枕头一靠，深居简出。与香为友，焚香栖心，以简素为欢。为身心寻一方净土。

跋《李庄简公家书》

李丈参政①罢政归乡里时，某②年二十矣。时时来访先君③，剧谈④终日。每言秦氏⑤，必曰咸阳⑥，愤切慨慷，形于色辞。

一日平旦⑦来，共饭，谓先君曰："闻赵相⑧过岭，悲忧出涕。仆不然，谪命下，青鞋布袜⑨行矣，岂能作儿女态邪！"方言此时，目如炬，声如钟，其英伟刚毅之气，使人兴起⑩。

后四十年，偶读公家书，虽徙海表⑪，气不少衰，丁宁训戒之语，皆足垂范百世，犹想见其道"青鞋布袜"时也。

淳熙戊申⑫五月己未⑬，笠泽陆某书。

【注释】

①李丈参政：即李光。李光（1078~1159），越州上虞（今浙江杭州上虞区）人，南宋四名臣之一，力主抗金，获罪于秦桧，曾屡遭贬谪。卒谥"庄简"。丈，对长

辈的尊称，李光是陆游的长辈，故有此称。参政，即参知政事的简称，唐宋时期最高政务长官之一，李光曾任此职。

②某：陆游自称。

③先君：已故的父亲，此处指陆游之父陆宰。

④剧谈：畅谈。《汉书·扬雄传上》："口吃不能剧谈，默而好深湛之思。"

⑤秦氏：指秦桧。

⑥咸阳：秦国都城，在今陕西咸阳东北。此处借指秦桧擅权误国，陷害忠良。

⑦平旦：平明，早晨。

⑧赵相：指赵鼎（1085~1147），字元镇，解州闻喜（今山西闻喜）人，南宋四名臣之一。曾任尚书右仆射、同中书门下平章事兼知枢密院事（即所谓"相"），因力主抗金恢复，与秦桧不合，被贬岭南，后绝食而死。

⑨青鞋布袜：出自杜甫《奉先刘少府新画山水障歌》"吾独胡为在泥滓，青鞋布袜从此始"句。原意为平民的衣着，此借指辞官归隐。

⑩兴起：振奋。

⑪海表：原指海外，因李光被贬琼州、昌化，两地均在海南岛，是传统视野中的僻远之地，故称海表。

⑫淳熙戊申（1188）：即宋孝宗赵昚淳熙十五年。

⑬五月己未：干支纪日法，即当年五月的己未日。

【赏读】

此文作于淳熙十五年（1188），陆游六十四岁。

此文系放翁在知严州事任上所作，时年六十四岁。此时的放翁，已届老年，宦海几经沉浮，恢复中原的宏图大志终归幻影，特别是此时他已经结束了将近十年的蜀中生涯，离开了抗金北伐的前线，此后也再没有回到前线。自从他带着自嘲式的别号"放翁"离开蜀中以后，虽曾受到宋孝宗的召见，先后也担任过一些官职，然而很快就遭到赵汝愚等人的弹劾。孤傲的放翁愤然辞官，重回山阴闲居。谁想到，这一走，就是五年。

等朝廷再次起用放翁的时候，他已经是一个六十二岁的老人了。但他并没有消极对待这次任命，仍然当作一次难得的为国效劳的机会。知严州事时，陆游重赐蠲放，广行赈恤，深得百姓爱戴。公事之余，则整理旧作，名曰《剑南诗稿》。这篇跋文正是他离任前两个月所作。

李光既是放翁的同乡前辈，也是力主抗金的南宋名臣，是放翁崇拜的偶像；且放翁曾遭秦桧迫害的经历，也与李光有相似之处。因此，放翁在文中其实是借读李光家书来抒发自己的感慨。全文仅用了寥寥两百字，李光英伟刚毅的英雄形象便跃然纸上，其笔力可谓力透纸背。作者回忆这数十年间与李光交际之事，却仅选了某日的一顿便饭来写，而一顿便饭之中，又只记了李光的一句话而已，但就是这一句话，在四十年后仍宛如在作者耳畔一般。可以说，这句话其实就是放翁自己想说的话。回想放翁的宦海沉浮，遭到的谪黜，有哪一次不是"青鞋布袜行矣"？至于李光"虽徙海表，气不少衰"的坚忍，更是与放翁若合符契。放翁从严州卸任回京以后，任军器少监，次年宋光宗即位，他很快又上书力主北伐。

我们读这篇跋文，能看到一个折而不挠、勇往直前的孤胆英雄形象，这既是放翁笔下的李庄简公，也是作者本人的自道。

天彭^①牡丹谱风俗记

　　天彭号小西京^②，以其俗好花，有京洛之遗风，大家至千本。花时，自太守而下，往往即花盛处张饮^③，帟幕车马，歌吹^④相属，最盛于清明寒食时。在寒食前者，谓之火前^⑤花，其开稍久。火后花则易落。最喜阴晴相半时，谓之养花天^⑥。栽接剔治，各有其法，谓之弄花。其俗有"弄花一年，看花十日"之语。故大家例惜花，可就观，不敢轻剪。盖剪花，则次年花绝少。惟花户则多植花以侔利。双头红初出时，一本花取直^⑦至三十千。祥云初出，亦直七八千，今尚两千。州家^⑧岁常以花饷^⑨诸台^⑩及旁郡。蜡蒂^⑪筠篮^⑫，旁午^⑬于道。予客成都六年，岁常得饷，然率不能绝佳。淳熙丁酉岁，成都帅^⑭以善价私售于花户，得数百苞，驰骑取之。至成都，露犹未晞。其大径尺。夜宴西楼下，烛焰与花相映发，影摇酒中，繁丽动人。

　　嗟乎！天彭之花，要^⑮不可望^⑯洛中，而其盛已如此。使异时复两京，王公将相，筑园第以相夸尚，予

天彭[1]牡丹谱风俗记

　　天彭号小西京[2]，以其俗好花，有京洛之遗风，大家至千本。花时，自太守而下，往往即花盛处张饮[3]，帟幕车马，歌吹[4]相属，最盛于清明寒食时。在寒食前者，谓之火前[5]花，其开稍久。火后花则易落。最喜阴晴相半时，谓之养花天[6]。栽接剔治，各有其法，谓之弄花。其俗有"弄花一年，看花十日"之语。故大家例惜花，可就观，不敢轻剪。盖剪花，则次年花绝少。惟花户则多植花以侔利。双头红初出时，一本花取直[7]至三十千。祥云初出，亦直七八千，今尚两千。州家[8]岁常以花饷[9]诸台[10]及旁郡。蜡蒂[11]筠篮[12]，旁午[13]于道。予客成都六年，岁常得饷，然率不能绝佳。淳熙丁酉岁，成都帅[14]以善价私售于花户，得数百苞，驰骑取之。至成都，露犹未晞。其大径尺。夜宴西楼下，烛焰与花相映发，影摇酒中，繁丽动人。

　　嗟乎！天彭之花，要[15]不可望[16]洛中，而其盛已如此。使异时复两京，王公将相，筑园第以相夸尚，予

幸得与观焉，其动荡心目，又宜何如也！

明年正月十五日，山阴陆某书。

【注释】

①天彭：即彭州，今为四川成都西北彭州。北宋末年，中原地区战乱迭起，到南宋时牡丹栽培中心南移至四川天彭。陆游在成都居官，撰《天彭牡丹谱》。

②小西京：五代晋自东都河南府（今河南洛阳）迁都汴州，以汴州为东京开封府，改东都河南府为西京。后汉、后周至北宋沿袭不变。彭州人喜爱牡丹有西京洛阳之遗风，故彭州号"小西京"。宋人汪元量《彭州歌》云："彭州又曰牡丹乡，花月人称小洛阳。"

③张（zhàng）饮：同"帐饮"，在郊野设帷幕饯饮。

④歌吹：歌声和奏乐。杜牧《题扬州禅智寺》："谁知竹西路，歌吹是扬州。"

⑤火前：寒食节禁火之前。薛能《晚春》诗："征东留滞一年年，又向军前遇火前。"

⑥养花天：指暮春牡丹开花时节。因轻云微雨、阴晴相半，最适宜养花的天气。僧仲休《越中牡丹花品·序》："泽国此月多有轻云微雨，谓之养花天。"

⑦直：同"值"。

⑧州家：州官，刺史。

⑨饷：赠送。

⑩诸台：旧时对高级官吏的尊称。

⑪蜡蒂：黄蜡色的花蒂。

⑫筼（yún）篮：竹篮。筼，竹的青皮，引申为竹。

⑬旁午：交错，纷繁。

⑭帅：宋代经略安抚司的简称。此当指成都安抚司长官。

⑮要：总。

⑯望：通“方”，比较。《礼记·表记》："以人望人，则贤者可知己矣。"

【赏读】

作为观赏花卉，牡丹的栽培与发展，与政治、经济、文化的发展有密切关系，也与适宜牡丹生长的土壤、气候条件相关。在我国唐宋时代，长安、洛阳是我国的政治、经济、文化中心，黄河流域平原地带的土壤与气候也有利于牡丹的栽培生长，所以唐代的长安、宋代的洛阳就发展成牡丹的栽培中心。到北宋晚期，中原板荡，靖康之变，宋室南渡，我国北方陷入金人统治之下，中原牡丹的繁华局面已风光不再。随着政治中心的南移，牡丹栽培中心由洛阳、陈州一带，转移到没有战乱，相对太平的四川成都、天彭（今彭州）一带。天彭遂有"花州"之誉。

　　淳熙年间，陆游居官成都，距以牡丹闻名的"小西京"不远，受欧阳修居官洛阳撰《洛阳牡丹记》的影响，陆游也以自己的耳闻目睹、实地考察，于孝宗淳熙五年（1178）撰就《天彭牡丹谱》。《天彭牡丹谱》一卷，分为三篇：一为《花品序》，二为《花释名》，三为《风俗记》。本文为《风俗记》记载天彭一带人们养花、赏花的种种习俗，总结了许多种植养护牡丹的经验。

　　彭州人"栽接剔治，各有其法，谓之弄花"，当地人流传"弄花一年，看花十日"的谚语，因为彭州人深知"弄花"不易，赏花花期之短暂，所以彭州人养成"大家例惜花"的良好习惯，"可就观，不敢轻剪"。彭州人还把牡丹"最喜阴晴相半"的天气名之曰"养花天"，和僧仲休所说"泽国此月多有轻云微雨，谓之养花天"，及理学家邵雍咏牡丹诗句"养花天气为轻阴"不谋而合，成为牡丹养殖学流传至今的专用术语。

　　陆游是南宋伟大爱国主义诗人，即便在《天彭牡丹谱》这样一卷花卉学著述中，仍念念不忘其恢复事业。他以诗人气质驰骋浪漫主义想象，在篇尾写道："嗟呼！天彭之花，要不可望洛中，而其盛已如此。使异时复两京，王公将相，筑园第以相夸尚，予幸得与观焉，其动

荡心目，又宜何如也！"可是到嘉定二年（1209）晚春，
距他逝世只有几个月的时间，也未看到两京的光复。当
他看见自己小花园里的牡丹，不禁联想到洛阳、长安昔
日牡丹的盛况，而这些牡丹之都仍在金人统治之下，于
是慨然写下《赏小园牡丹有感》诗："洛阳牡丹面径尺，
鄜畤牡丹高丈余……周汉故都亦岂远，安得尺棰驱群胡！"

姚平仲小传

　　姚平仲[①]，字希晏，世为西陲[②]大将。幼孤，从父古[③]养为子。年十八，与夏人[④]战臧底河[⑤]，斩获甚众，贼莫能枝梧[⑥]。宣抚使童贯[⑦]召与语，平仲负气不少屈[⑧]，贯不悦，抑其赏，然关中豪杰皆推之，号"小太尉"。睦州盗起[⑨]，徽宗遣贯讨贼，贯虽恶平仲，心服其沉勇，复取以行。及贼平，平仲功冠军[⑩]，乃见贯曰："平仲不愿得赏，愿一见上耳。"贯愈忌之。他将王渊、刘世光皆得召见，平仲独不与。

　　钦宗在东宫[⑪]，知其名。及即位，金人入寇，都城受围，平仲适在京师，得召对福宁殿[⑫]，厚赠金帛，许以殊赏。于是平仲请出死士，斫营擒寇帅以献。及出，连破两寨，而寇已夜徙去。平仲功不成，遂乘青骡亡命，一昼夜驰七百五十里，抵邓州[⑬]，始得食，入武关[⑭]，至长安，欲隐华山，顾以为浅[⑮]，奔蜀，至青城山[⑯]上清宫[⑰]，人莫识也。留一日，复入大面山[⑱]，行二百七十余里，度采药者莫能至，乃解纵所乘骡，得石穴以居。

朝廷数下诏物色求之⑲，弗得也。乾道、淳熙之间，始出，至丈人观道院⑳，自言如此。时年八十余，紫髯郁然，长数尺，面奕奕有光。行不择崖堑、荆棘，其速若奔马，亦时为人作草书，颇奇伟。然秘不言得道之由云。

【注释】

①姚平仲：北宋末年著名的爱国将领，钦宗靖康初，因战败亡命，归隐名山。其事迹除本文所述之外，《宋史·钦宗纪》《宋史·李纲传》等史书有相关记载，大都记其保卫汴京之事。

②西陲：西北边疆，北宋时主要指今陕西、甘肃一带。

③从父古：这里指北宋西北名将姚古。从父，伯父或叔父。

④夏人：指西夏党项族人。

⑤臧底河：指宋夏战争的重要战场臧底河流域地区。

⑥枝梧：抗拒，抵抗。

⑦童贯（1054~1126）：字道夫，一作道辅，开封人，北宋权宦，"六贼"之一。宋徽宗宠信的宦官，性巧媚，助蔡京为相，时称蔡京为"公相"，称他为"媪相"，他曾

任陕西、河东、河北宣抚使，负责北部地区的军事，权倾内外。

⑧负气不少屈：自恃气盛，不愿丝毫屈居事人，意谓对童贯甚为蔑视。

⑨睦州盗起：指方腊领导的农民起义。睦州，治所在今浙江建德。陆游在文中是站在统治者的立场来肯定姚平仲镇压方腊起义的。

⑩功冠军：功劳居全军之首。

⑪在东宫：做太子的时候。

⑫得召对福宁殿：得以在福宁殿受到皇帝（指钦宗）的召见问对。

⑬邓州：宋代州名，治所在今河南邓州。

⑭武关：古关名，战国时为秦之南关，与潼关、萧关、大散关称之为"秦之四塞"。在今陕西丹凤东武关河的北岸。其地崖高谷深，狭窄难行，自古为兵家必争之地。

⑮顾以为浅：但是（姚平仲）还认为不够隐蔽。

⑯青城山：道教名山，在今四川都江堰西南。

⑰上清宫：是青城山上有名的寺观，在山的最高处。

⑱大面山：位于四川达州万源东南部水田乡。

⑲物色求之：根据形貌去寻求他（指姚平仲）。

⑳丈人观道院：《读史方舆纪要》："丈人观在青城山

北二十里，后唐同光三年，蜀王衍游青城山，历丈人观、上清宫，是也。"

【赏读】

　　这是一篇具有传奇色彩的人物传记。主人公姚平仲是北宋末年的爱国将领，关于他的事迹，宋代史书记载非但不详，且多有与实情不符之处，致使这位名将一直受着世人的误解。陆游对他的境遇深感不平，故而专门写了这篇小传为他正名。此后的笔记小说《大宋宣和遗事》依据陆游这篇文章，对姚仲平事迹进行了更为详细的记载。

　　小传可分为前后两部分，前一部分着重写了三件事。在简述了姚平仲出身将门的家世后，写他十八岁时战西夏、平方腊两件事。第一件事写"御外侮"，第二件事写"平内乱"。前者以写姚平仲英勇作战、取得胜利为主，后者着重写姚平仲"平乱"前后的遭遇。既表现了姚平仲勇敢无畏、不事权贵、效忠朝廷的可贵精神，又从侧面揭露抨击了童贯之流播弄朝政、压抑人才的腐败现象。第三件事写在国家危难、社稷将倾之际，姚平仲毅然受诏，出奇计，英勇杀敌，遗憾的是由于敌人及时转移，未能获得"擒虏帅"的效果，从而引出亡命山中的后事。

　　后一部分时间跨度较大，着重写姚平仲"亡命"的过程和他晚年时的神奇传说。一个为朝廷而不惜献出一切的英雄，被逼得狼狈而逃，作者痛惜抗金人才被埋没、痛恨权贵们昏庸腐朽的复杂愤慨的心情渗透在字里行间。最后写姚平仲得道出山、紫髯飘拂的传奇逸闻，虽不知真假，但却寄托了作者对英雄的敬仰和祝愿。

卷三 莫笑狂生老更狂

客至，或见或不能见。

间与人论说古事，或共杯酒，

倦则瓯舍而起。

严州重修南山报恩光孝寺记

浙江自富春溯而上，过七里濑桐君山，山益秀，水益清。乌龙山崛起千仞，鳞甲爪鬣，蜿蜒盘踞。严州在其下，有山直州之南，与乌龙为宾主。乌龙以雄伟，南山以秀邃，形势壮而风气固，是为太宗皇帝、高宗皇帝受命赐履[①]之邦。登高四望，则楼观雉堞[②]，骞腾萦带[③]，在郁葱佳气中，两山对峙，紫翠重复，信天下名城也。

南山报恩光孝禅寺，实为诸刹之冠。质于地志及父老之传，唐末有僧结庐于山之麓，名广灵庵。庆历中，始斥大之，为广灵寺。绍圣中，易禅林[④]佛印大师希祖实为第一代，始徙寺于山巅，今寺是也。崇宁中，赐名天宁万寿。绍兴中，易今名。初，郡长者江氏为塔七级，与寺俱毁于宣和之盗。厥后文则来居而寺复，法琦来助而塔建，及得智廓、仲玘而学者云集。廓不期年示灭[⑤]，凡今之营缮崇成者，皆玘也。如来大士有殿，演法会斋有堂，安众有寮，栖钟有楼，寝有室，游有亭，浴有泉。又以余力为门，为庑，为库，为垣，为磴路⑥，为御侮力士之像。未五六年，百役踵兴，无一弗备。郡人童天祐、天锡、方珍出赀为最巨，老僧智贵倾其衣囊助施为尤难。若夫以宿世⑦愿力⑧，来为外护，取郡之积木以终成之者，太守殿中侍御史冷公世光也。寺之役既成，冷公适有归志，遂奉祠以去。岂非缘法哉？予亦尝来为守。廊及屺皆予所劝请，则于是山不为无夙昔缘，故屺来求予为记。

予行天下多矣，览观山川形胜，考千载之遗迹，未尝不慨然也。晚至是邦，观乌龙似赤甲白盐⑨，南山似锦屏⑩，一水贯其间，纡余澄澈似渭水，而南山崇塔广殿，层轩修廊，山光川霭，钟鸣鲸吼，游者动心，过者骇目，又甚似汉嘉之凌云，盖兼天下之异境而有之。骚人墨客，将有徙倚⑪太息援笔而赋之者。予未死，尚庶几见之。

绍熙四年二月庚申记。

【注释】

①赐履：指帝王所赐的封地。《左传·僖公四年》："赐我先君履，东至于海，西至于河，南至于穆陵，北至于无棣。"杜预注："履，所践履之界。"后因以"赐履"指君主所赐的封地。

②雉堞（zhì dié）：指古代城墙上守城人用的矮墙，也泛指城墙。

③萦带：环绕。唐代李华《吊古战场文》："河水萦带，群山纠纷。"

④禅林：指寺院，即僧徒聚居之处。

⑤示灭：佛教用语，指佛、菩萨或高僧坐化。

⑥磴路：登山的石路。

⑦宿世：前世，前生。

⑧愿力：佛教用语，誓愿的力量。多指善愿功德之力。南朝梁沈约《千佛赞》："参差各随，愿力密迹。"

⑨赤甲、白盐：皆山名，在今重庆奉节东。

⑩锦屏：山名，在今四川阆中城南。

⑪徙倚：徘徊，逡巡。《楚辞·远游》："步徙倚而遥思兮，怊惝恍而乖怀。"王逸注："彷徨东西，意愁愦也。"

【赏读】

此文作于宋光宗绍熙四年（1193），陆游六十九岁。

山不在高，有仙则名；水不在深，有龙则灵。名山大川固然更为天下人所向往，但看似名不见经传的小山小水，却也隐藏着不少故事，何况是浙江这样的秀山丽水之地。自然景观之美妙往往是与当地的人文景观交织在一起的，严州山水自严子陵起就已闻名天下，其州城有乌龙、南山二山，"乌龙以雄伟，而南山以秀邃"，两山对峙，紫翠重叠，佳气葱郁，严州所以为天下名城也。

　　名城、名山之中，必然有古刹名寺，而南山报恩光孝寺实为诸刹之冠。该寺源远流长，肇始于唐末，兴起于北宋，而毁于北宋末年，至宋室南渡而复兴。其间数百年，寺名从广灵庵、广灵寺、天宁万寿到报恩光孝寺，经过希祖佛印大师、文则、法琦、智廓、仲玘等数代人的努力，又有郡长者江氏造七级塔，郡人童天祐、天锡、方珍出资捐助，老僧智贵助施，而太守冷世光取郡之积木以终成之。可以说，南山报恩光孝寺是数百年来寺院主持者、地方官和当时热心人士共同努力的结果，这篇记其实也是一部报恩光孝寺兴衰史。《抚州广寿禅院经藏记》中的守璞禅师、《重修天封寺记》中的慧明禅师，都曾以超人之奇才造就了惊人的工程，但相比于本文，赞赏有余而对历史发展的认识似有不足。

　　本文同时又是一篇极佳的游记美文，浓墨重彩地描绘了严州山川之秀美，首尾呼应，使人读此文而欲亲到严州。放翁自称"行天下多矣"，但面对"兼天下之异境而有之"的严州山水，他犹感叹自己的文笔不足以表现，期待将来有骚人墨客"徙倚太息援笔而赋之"，此句更从侧面彰显出严州山水之美、之异。

重修天封寺记

淳熙丙午春，予以新定牧入奏行在所，馆于西湖上，日与物外人游。多为予言净慈有慧明师者，历抵诸方[①]，如汗血驹，所至蹴躏，万马皆空。方是时，知其得法，而不知其能文。后四年，予屏居[②]镜湖上，明来访予。谈道之余，纵言及文辞，卓然俊伟，非凡子所及。方是时，知其能文，而不知其有才。

明既从予游累日，乃曳杖负笠，入天台山，为天封主人。是山也，岩嶂[③]崭绝[④]，为天台四万八千丈之冠；林麓幽邃，擅智者[⑤]十二道场之胜。然地偏道远，游者既寡，施者益落。明居之弥年，四方问道之士，以天封为归。植福乐施者，踵门而至，虽却不可。于是自佛殿经藏，阿罗汉殿，钟经二楼，云堂[⑥]库院，莫不毕葺。敞为大门，缭为高垣，周为四庑，屹为二阁，来者以为天宫化成，非人力所能也。又哀其余，作二库，曰资道，曰博利，以供僧及童子缊浣之用。彼庸道人日夜走衢路，丐乞聚畜，盖未必能办此。明方为其徒发明大事因缘，钱帛谷粟之问，不至丈室，而其所立，乃超卓绝人如此，岂非一世奇士哉！

予尝患今世局于观人，妄谓长于此者必短于彼，工于细者必略于大。自天封观之，其说岂不浅陋可笑也哉！慧明以书来求予文，记其寺之废兴，因告以予说，使并刻之，庶几览者有所儆焉。

绍熙三年三月三日，中奉大夫、提举建宁府武夷山冲佑观、山阴县开国男食邑三百户陆某记。

【注释】

①诸方：各地。南朝梁元帝《庾先生承先墓志》："诸方未游，佳城已望。"

②屏居：退隐，屏客独居。《史记·魏其武安侯列传》："魏其谢病，屏居蓝田南山之下数月，诸宾客辩士说之，莫能来。"

③岩嶂：直如屏障的高山。

④崭绝：险峻陡峭。

⑤智者：指天台宗创始人智颛（538～597）。隋文帝开皇十一年（591），受"智者"之号。

⑥云堂：僧众设斋吃饭和议事之所。

【赏读】

此文作于宋光宗绍熙三年（1192），陆游六十八岁。

放翁一生高呼北定中原，这是他留给是世人的主要形象，但人不可能只有一面，他同时深受佛道思想的影响。于北山在其所著的《陆游年谱》中对这种所谓的"消极思想"作了深入的剖析。其实，儒释道三家思想是中国古代哲学的主要组成部分，古代士大夫大多受三家思想的影响而很少有纯粹坚守一家思想的，也正因为如此，他们得以呈现出更为多元化的作品。陆游也不例外，其晚年与僧道交往愈多，正如他在本文开头所说的"日与物外人游"。

陆游的笔下曾描写过不少的有道高僧，但像本文的主角慧明禅师这样的"奇士"还是不多见的。本文用层层递进的手法来烘托慧明的"奇士"形象：先是写放翁在临安时交往的物外人士经常说起慧明的佛法造诣如何高深，陆游于此时还只知他得法，尚不知其能文；过了四年，放翁闲居镜湖，慧明来访，谈吐之间，方知其"卓然俊伟，非凡子所及"。但此时也只知其能文，还不知其有才。按照俗笔，这时候就要马上接着写慧明之才了，但放翁不是。他又突然放下"不知有其才"，而把目光从镜湖之会转移到了天台之游，使人完全坠入云里雾里。接着，他又着重描写了天封寺及其附属殿宇房库，直惊叹这是天宫化成，而非人力所能。至此方点明这项浩大而精美的工程，是由慧明主持建造的。慧明虽有如此的理财和经营能力，但他平日并非像那种庸俗的僧道那样到处敛财，而仍是为其信徒讲经说法，钱帛谷粟之间，似乎从未到他耳边。这使得放翁不由得赞叹慧明为"一世奇士"，观陆游之文大概只有《抚州广寿禅院经藏记》中的守璞禅师可与他相媲美。

人的一生中会遇到很多高人，大部分高人都是忙人，但还有一部分看似闲云野鹤的闲人，看起来和高人毫无关系，但往往这才是真正的高人。怎样才能达到这么高的境界呢？或许正是印证了那句："你必须很努力，才能看起来毫不费力。"这些"闲高人"的秘诀，大概就是无数不为人知的默默地努力吧。

跋东坡《七夕词》后

昔人作七夕诗，率不免有珠栊绮疏[①]惜别之意，唯东坡此篇，居然是星汉上语[②]，歌之曲终，觉天风海雨逼人。学诗者当以是求之。

庆元元年元日，笠泽陆某书。

【注释】

①珠栊绮疏：指古代女子的居所。珠栊，镶嵌明珠的窗棂。绮疏，雕刻成镂空花纹的窗户。

②星汉上语：此指文字清迈绝尘，飘逸旷放。

【赏读】

苏轼词集中咏七夕的词作有多首，本文中所言"七夕词"当为《鹊桥仙·七夕送陈令举》：

缑山仙子，高情云渺，不学痴牛騃女。凤箫声断月明中，举手谢、时人欲去。　　客槎曾犯，银河微浪，尚带天风海雨。相逢一醉是前缘，风雨散、飘然何处。

苏轼这首词作于熙宁七年（1074），时苏轼从杭州通判调任密州知州，与好友陈令举、杨元素、李公择等一行六人在湖州相聚，泛舟吴江上，至吴江垂虹亭畅饮高歌。不久后，众人一一离去。陈令举是苏轼同年好友，分别之际，苏轼填词赠之，表达依依不舍之情。

陆游认为此词雄奇瑰丽，萧散壮阔，洋溢着一股飘逸旷达之气，称之为"星汉上语"，与传统词作的"珠栊绮疏惜别之意"不同，这也体现出陆游崇尚豪放的词学观。

跋《渊明集》

吾年十三四时，侍先少傅[1]居城南小隐，偶见藤床上有渊明诗，因取读之，欣然会心。日且暮，家人呼食，读诗方乐，至夜卒不就食。今思之，如数日前事也。

庆元二年，岁在乙卯，九月二十九日，山阴陆某务观书于三山龟堂[2]，时年七十有一。

【注释】

①先少傅：指陆游父陆宰（1088～1148），陆游诗文中，或称其为"少师""少傅"。

②龟堂：陆游晚年所居之处，有时也用来自称。

【赏读】

此文作于宋宁宗庆元二年（1196），陆游自署"时年七十有一"，按照旧俗，虚岁当为七十二。

大师不是从天下掉下来的，也不是从石头缝里蹦出来的；大师从来不偏执一隅，也从来不唯我独尊。那大师是从哪儿来的？曰：转益多师、博采众长。大师又是什么样子的？曰：融会贯通、自成一家。古今中外的大师，莫不如此。放翁是中国文学史上罕有其匹的巨匠，他的成长过程更是如此。

　　我们曾说他从少年起便绝好岑参诗，我们也曾说他能发明东坡之意。但试想一下，如果放翁只学岑参，那他最多有点像岑参；如果放翁只学东坡，那他最多有点像东坡，不可能成就卓然一大家。但放翁不是岑参，放翁也不是东坡，放翁就是亘古男儿一放翁。放翁之所以是唯一的放翁，就是因为他转益多师、博采众家，进而能融会贯通、自成一体。他在本篇跋文中就回忆了自己少时读陶渊明诗入迷的往事。那时候，他才十三四岁，跟着父亲住在城南，偶见藤床上有陶渊明诗，拿来一读，欣然会心。然后一发不可收拾，一直看到晚上，家人喊他吃饭也听不到，看到夜里还想不起来要吃饭。这与陶渊明读书时“每有会意，便欣然忘食”的感受何其相似？笔者颇以为放翁这篇跋文，就是这句陶诗的“演义”。陶诗为何让他如此痴迷，他说：“陶谢文章造化侔，篇成能使鬼神愁。”（《读陶诗》）除了喜读陶诗，放翁也喜欢和陶诗：“研朱点《周易》，饮酒和陶诗。”（《客有见过者既去喟然有作》）但他觉得自己还没学到陶诗的微言妙旨："我诗慕渊明，恨不造其微。"（《读陶诗》）这或许是放翁的自谦之词吧。

　　这篇跋文余韵悠长的是最后一句，七十多岁的放翁老先生回忆起五十多年前的往事，觉得好像是发生在几天前的事情一样。人生苦短，一生中能有几件事在五十多年后仍然铭记在心？

《佛照禅师①语录》 序

拙庵禅师以佛法际遇孝宗皇帝②，问答之语，既刻金石，传天下久矣。晚，庵居阿育王山中③，其徒相与尽裒④五会所说法，凡数万言，为五卷，遣侍者正球走山阴泽中，请某作序。

某曰：“拙庵之道，栋梁大法，无语可也；拙庵之语，雷霆百世，无录可也。又何以序为哉？然五会⑤之外，别有一会；数万言之外，别有一句。是可录，是不可录，诸人试下语⑥。若也道得，老农赞叹有分。”

庆元三年九月壬子，陆某谨序。

【注释】

①佛照禅师（1121～1203）：又称“拙庵禅师”，俗姓彭，名德光，自号拙庵，赐号佛照，临江军新喻县（今江西新余）人。拙庵禅师名满当时，与陆游、范成大等有交往，甚至与宋孝宗以禅相会。淳熙三年（1176）至绍熙元年（1190），奉旨住持灵隐寺达十四年。晚年住

阿育王寺，于春、夏、季夏、秋、冬五时集会说法。其门徒汇集拙庵所说佛法数万言，编撰成集，分为五卷，并派专使正球到山阴请陆游作序。

②孝宗皇帝：即宋孝宗赵昚（1127～1194），宋高宗绍兴三十二年（1162）即位，淳熙十六年（1189）禅位于宋光宗赵惇。在位二十七年，史称"乾淳之治"。

③庵居阿育王山中：淳熙七年（1180），宋孝宗参照宋仁宗优待大觉禅师怀琏的先例，诏令拙庵禅师归老于阿育王寺。阿育王寺，在今浙江宁波，始创于西晋武帝太康三年（282）。宋宁宗嘉定间（1208～1224），与径山寺、灵隐寺、净慈寺、天童寺并列为"禅院五山"，为佛教禅宗名刹。

④裒（póu）：聚集。

⑤五会：即拙庵禅师在阿育王寺一年五次召集说法之事。

⑥下语：措辞，用语。

【赏读】

此篇作于宋宁宗庆元三年（1197），陆游七十三岁。

这篇序，让读者看到了放翁的另一面。这里没有豪言壮语，没有悲歌流涕，有的只是一派潇洒的"戏言"。是的，儒释道三家思想，是中国古代文人绝好的精神空间。这个空间，合则为一，分则为三，文人们可以自由地穿梭其间。此时的放翁，已届老年，闲居故乡山阴已近十年，对人事、国运、前路，都有一些不同于以往的新看法。

此序短短近一百六十言，其中前半部分还是写作序的缘由，真正属于"序"的部分，只有"某日"的八十余字。放翁是一位著述极富的大诗人、大文豪，他当然不是仅仅用八十余字来应付拙庵禅师。细观之，虽寥寥数语，但却充满了辩证。禅宗原本就主张"不立文字"，而同为出世学说的道家，其代表人物庄子亦主张"言者所以在意，得意而忘言"，大诗人陶渊明更是吟咏"此中有真意，欲辩已忘言"。放翁正是秉持这样的传统，巧妙地处理了"言"和"意"的关系。

放翁笔下有不少和佛教有关的作品，除本篇外，他还为拙庵禅师写过《明州阿育王山买田记》《佛照禅师真赞》等，但都是得意忘言、意在言外之作。此亦可见陆游对佛理的深刻体悟。

居室记

　　陆子治室于所居堂之北，其南北二十有八尺，东西十有七尺。东、西、北皆为窗，窗皆设帘障，视晦明寒燠①为舒卷启闭之节。南为大门，西南为小门。冬则析堂与室为二，而通其小门以为奥室②。夏则合为一室，而辟大门以受凉风。岁莫③必易腐瓦，补罅隙，以避霜露之气。

　　朝晡④食饮，丰约惟其力，少饱则止，不必尽器。休息取调节气血，不必成寐。读书取畅适性灵，不必终卷。衣加损，视气候，或一日屡变。行不过数十步，意倦则止，虽有所期处，亦不复问。客至，或见或不能见。间与人论说古事，或共杯酒，倦则亟舍而起。四方书疏，略不复遣。有来者，或亟报，或守累日不能报，皆适逢其会，无贵贱疏戚之间。足迹不至城市者率累年。

　　少不治生事⑤，旧食奉祠之禄⑥以自给，秩满⑦，因不复敢请，缩衣节食而已。又二年，遂请老⑧。法当得分司禄，亦置不复言。舍后及旁，皆有隙地，莳⑨花百余本，当敷荣时，或至其下，尚羊⑩坐起，亦或零落已尽，终不一往。有疾，亦不汲汲近药石，久多自平。家世无年，自曾大父⑪以降，三世皆不越一甲子；今独幸及七十有六，耳目手足未废，可谓过其分矣。然自计平昔于方外养生之说，初无所闻，意者日用亦或默与养生者合。故悉书之，将质于山林有道之士云。

庆元六年八月一日，山阴陆某务观记。

【注释】

①寒燠（yù）：冷热。《汉书·天文志》："故日进为暑，退为寒。若日之南北失节，暑过而长为常寒，退而短为常燠。此寒燠之表也，故曰为寒暑。"

②奥室：内室，深宅。《后汉书·梁冀传》："堂寝皆有阴阳奥室，连房洞户。"

③岁莫：即"岁暮"，一年将终时。莫，通"暮"。

④朝晡（bū）：指一日两餐之食。

⑤生事：即生计。

⑥奉祠之禄：宋设祠禄官，凡大臣免官、退职，或年老不能胜任者，则令其管理道教宫观以示优礼，无职无事，借名食俸，称为祠禄。因祠禄官主管祭祀，故充任祠禄官称奉祠。

⑦秩满：秩满：任满。按陆游绍熙二年（1191）春以中奉大夫提举建宁武夷山冲佑观，其间三次请求连任。至庆元四年（1198）冬，期满不复请，有《病雁》《祠禄满不敢复请作口号》诗。

⑧请老：古代官吏请求退休养老。

⑨莳（shì）：种植。

⑩尚羊：指悠闲地步行徘徊。

⑪曾大父：即曾祖父。陆游的曾祖父名珪。

【赏读】

此文作于宋宁宗庆元六年（1200），陆游七十六岁。

放翁于庆元四年（1198）冬祠禄满，于是不再请。庆元五年（1199）五月以中大夫致仕。即文中所谓"旧食奉祠之禄以自给，秩满，因不复敢请，缩衣节食而已。又二年，遂请老"。因此，他晚年的生活并不算很宽裕，而这篇《居室记》写来很是真实自然，毫无故作姿态之感。

人生在世，身不由己。人生其实没有多少可以自主的时间，少年时如此，中年时更是如此，老年时或许也还是如此。如果能在喧嚣的尘世和繁忙的工作之外，得一刻安闲、一处自在，那是很多人可望而不可即的奢求。像放翁这样，晚年虽不是大富大贵，甚至有些清贫，但他有一个完全属于自己的居室。在这个居室里，他可以完全放飞自己的心灵，或坐或卧，或耕或读，或与客说古事，或独步徜徉，一切都显得那样怡然自得，那样潇洒飘逸，那样物我两忘。这才是晚年养生的最佳状态。

平生到过不少地方，见过不少人事。在喧闹繁忙的背后，在夜深人静的时刻，总会剥开灵魂的深处，拷问自己。在历史长河中，人的一生不过是极为短暂的一瞬，究竟如何取舍才是最佳的选择。清代大学者钱大昕有一副名联，道是："有酒学仙，无酒学佛；刚日读经，柔日读史。"这副对联大概道出了为人处世的真谛：上联主张顺势而行，下联则教人以逆为补。人生无非是顺逆两境，得之坦然，失之淡然。在忙碌了一整天乃至一辈子以后，如果有一处像放翁居室那样的心灵小屋，该是多么幸福的事呀！

镇江府驻扎御前诸军副都统厅壁记

　　镇江府驻扎御前诸军副都统、武功大夫、和州防御使淄川夏侯君书来，诒予于山阴泽中曰："五军有都统，为一军大将，内以屏卫行在，外以控扼梁楚，隐然一长城也。又置副都统一员，以佐其长，智勇相资，宽猛相济①，有事则或居或行，更出迭归，无事则同筹共画于帐中，而制敌于千里之外，其任可谓重矣。而副都统自设官以来，今三十有八年，历官十人，再至者一人，未有壁记②，后将无所考质。子为我书而刻其姓名，可乎？"

　　予与夏侯君南北异乡，东西异班，出处壮老异致③，然每见其抚剑抵掌，谈中原形势，兵法奇正，未尝不太息，恨不与之周旋于军旅间也。君亦谓予非齷龊④老书生，以兄事予，甚敬，则今日之请，尚何辞？然今天子神圣文武，承十二圣之传，方且拓定⑤河洛，规恢⑥燕赵，以卒高皇帝之武功，则宿师江淮，盖非久计，夏侯君亦且与诸将移屯玉关之西、天山之北⑦矣。

予虽老，尚庶几见之。

庆元四年正月甲子，陆某记。

【注释】

①宽猛相济：宽大和严厉互为补充。语出《左传·昭公二十年》："仲尼曰：'善哉，政宽则民慢，慢则纠之以猛；猛则民残，残则施之以宽。宽以济猛，猛以济宽，政是以和。'"

②壁记：镶嵌在墙壁上的碑记。

③异致：不同情状，意趣不同。《魏书·礼志三》："臣等闻先王制礼，必有随世之变；前贤创法，亦务适时之宜。良以世代不同，古今异致故也。"

④龊龊：拘谨、谨小慎微的样子。

⑤拓定：平定。汉代潘勖《册魏公九锡文》："济师洪河，拓定四州。"

⑥规恢：谋划恢复。

⑦玉关之西、天山之北：这里都代指收复失地、北定中原。

【赏读】

此文作于宋宁宗庆元四年（1198），陆游七十四岁。

生于江南佳丽地的放翁，宦海沉浮一大遭之后，晚年又闲居于故乡。按理说他的晚年应该以如画的江南美景自娱，以终天年，然事实并非如此。老来无梦到西湖，却画天山雪猎图。一生高呼北定中原的放翁，晚年仍在反复考虑怎样才能为国效力，有诗为证，如："壮心未与年俱老，死去犹能作鬼雄。"（《书愤》）"自笑灭胡心尚在，凭高慷慨欲忘身。"（《暮春》）"沾洒孤臣泪，驰驱壮士心。"（《秋晚》）"不羡骑鹤上青天，不羡峨冠明主前。但愿少赊死，得见平胡年。"（《长歌行》）他甚至幻想过大宋王朝有朝一日能"西琛过葱岭，东戍逾朝鲜"。然而，使人悲痛的是"荣河温洛几时复，志士仁人空自哀。但使胡尘一朝静，此身不恨死蒿莱"（《病中夜赋》）。但赋闲的他什么都不能做，只能空叹"关河自古无穷事，谁料如今袖手看"（《书愤》）。因此，他大声疾呼"岂无豪俊士，愤气塞穹壤"（《北望》）。

某日，闲居故乡的放翁忽然收到江南前线夏侯君的来信，他向放翁提及自己任副都统一职，并表示其职责极为重要，辅佐都统，"智勇相资，宽猛相济，有事则或居或行"，无事则运筹帷幄之中，决胜千里之外。这些豪言壮语一下子就激发了放翁深藏于心底的雄心壮志，自己与夏侯君南北异乡，文武异班，"出处壮老异致"，但每想到夏侯君抚剑抵掌，畅谈中原形势，未尝不叹息，恨不能和他一起周旋于军旅之间，为国出力。放翁虽老，但仍深切地期待着夏侯君与诸将收复失地，移师玉门关之西、天山之北。

本文寥寥数笔，夏侯君的形象便跃然纸上，这既是放翁的神来之笔，更是因为他把夏侯君看成是"愤气塞穹壤"的"豪俊士"，把夏侯君与诸将看成是实现北定中原的精神寄托。因此，老来闲居江南的放翁，没有梦到如画的江南美景，念念不忘的仍是天山雪猎图，这也就是他在名作《诉衷情》中所说的"此生谁料，心在天山，身老沧州"。

这种历史的错位，到底是悲还是喜？

南园①记

庆元三年二月丙午，慈福②有旨，以别园赐今少师、平原郡王韩公③。其地实武林④之东麓，而西湖之水汇于其下，天造地设，极山湖之美。公既受命，乃以禄入之余，茸为南园。因其自然，辅以雅趣。

方公之始至也，前瞻却视，左顾右盼，而规模定。因高就下，通窒去蔽，而物象列。奇葩美木，争效于前，清流秀石，若顾若揖。于是飞观杰阁，虚堂广厅，上足以陈俎豆⑤，下足以奏金石者，莫不毕备。高明显敞，如蜕尘垢而入窈窕⑥，邃深疑于无穷。既成，悉取先时魏忠献王⑦之诗句而名之。堂最大者曰许闲，上为亲御翰墨以榜其颜。其射厅曰和容，其台曰寒碧，其门曰藏春，其关曰凌风，其积石为山，曰西湖洞天。其潴水⑧艺稻，为囷为场，为牧羊牛、畜雁鹜之地，曰归耕之庄。其它因其实而命之名，则曰夹芳，曰豁望，曰鲜霞，曰矜春，曰岁寒，曰忘机，曰照香，曰堆锦，曰清芬，曰红香。亭之名则曰远尘，曰幽翠，曰多稼。

　　自绍兴以来，王公将相之园林相望，莫能及南园之仿佛者。公之志，岂在于登临游观之美哉？始曰许闲，终曰归耕，是公之志也。公之为此名，皆取于忠献王之诗，则公之志，忠献之志也。与忠献同时、功名富贵略相埒⑨者，岂无其人？今百四五十年，其后往往寂寥无闻。韩氏子孙，功足以铭彝鼎、被弦歌者，独相踵也。逮至于公，勤劳王家，勋在社稷，复如忠献之盛。而又谦恭抑畏，拳拳志忠献之志，不忘如此。公之子孙，又将嗣公之志而不敢忘，则韩氏之昌，将与宋无极，虽周之齐、鲁⑩，尚何加哉！

　　或曰："上方倚公如济大川之舟，公虽欲遂其志，其可得哉？"是不然。知上之倚公，而不知公之自处，知公之勋业，而不知公之志，此南园之所以不可无述。

　　游老病谢事，居山阴泽中，公以手书来曰："子为我作《南园记》。"游窃伏思：公之门，才杰所萃也，而顾以属游者，岂谓其愚且老，又已挂衣冠而去⑪，则庶几其无谀辞、无侈言⑫，而足以道公之志欤？此游所以承公之命而不获辞也。

　　中大夫、直华文阁致仕、赐紫金鱼袋陆游谨记。

【注释】

　　①南园：又名胜景园、庆乐园，乃韩侂胄的私园。

宋宁宗即位，韩侂胄因拥立有功，封平原郡王，拜平章军国事，一时风光无两，享尽权贵。慈福太后对韩侂胄恩宠备至，将高宗时的别馆赐给他。韩侂胄修葺后命名为南园，请陆游作记。对于陆游为权臣韩侂胄写《南园记》一事，历来为道学家所诟，认为陆游屈服权贵，晚节不保。然亦有人认为："《南园记》唯勉以忠献之事业，无谀辞。"（南宋罗大经《鹤林玉露》）《南园记》是陆游借机劝勉韩侂胄效法他的曾祖、北宋反击西夏入侵的名将韩琦，抗击敌寇，立不世之功的规诫之文。

②慈福：宋高宗赵构吴皇后，韩侂胄是其外甥。

③韩公：即韩侂胄（1152～1207），字节夫，相州安阳（今河南安阳）人。南宋权臣。魏国公韩琦曾孙。初以父任得官。孝宗死，以策立宁宗、传导诏旨见幸。累迁太师、平章军国事，封平原郡王，执政十三年，势焰熏灼，序班丞相上，总三省印。开禧初谋开边自固，恢复中原，遂兴兵攻金，初战略胜。后北伐屡败，遂使北请和，金人以缚送首议用兵之臣为言。礼部侍郎史弥远与杨皇后密谋，杀侂胄，函首送金廷乞和。

④武林：杭州的古称。

⑤俎豆：古代祭祀、宴飨时盛食物用的礼器，亦泛指各种礼器。这里指祭祀。

⑥窈窕：深远貌，秘奥貌。

⑦魏忠献王：即韩琦（1008～1075），字稚圭，号赣叟，相州安阳（今河南安阳）人。韩侂胄的曾祖父，北宋名臣。仁宗天圣五年（1027）进士。累迁右司谏。曾一次奏罢宰相、参政四人。嘉祐元年（1056），拜枢密使，又拜相。英宗即位，请曹太后还政，拜右仆射，封魏国公。神宗立，出判相州。王安石变法，与司马光等屡次上疏反对。卒，赠尚书令，谥忠献。

⑧潴水：蓄水。陆游《砚湖》诗序："余得英石，数峰环立，其中凹处，可容一龠，因以潴水代砚滴，名之曰砚湖。"

⑨相埒：相等。《梁书·何逊传》："时有会稽虞骞，工为五言诗，名与逊相埒。"

⑩周之齐、鲁：比喻祚运绵长。

⑪挂衣冠而去：陆游此时已辞官在家。挂冠典出《后汉书·逢萌传》："时王莽杀其子宇，萌谓友人曰：'三纲绝矣，不去，祸将及人。'即解冠挂东都城门，归，将家属浮海，客于辽东。"后遂以挂冠指辞官。

⑫侈言：夸大不实的言辞。

【赏读】

此文作于宋宁宗庆元五年（1199），陆游七十五岁。

此文洋洋洒洒，骈俪而不失气度，繁华而不堕轻浮，本是一篇极好的美文，但历来却饱受争议。争议的原因及焦点，无非是韩侂胄身为权贵，而放翁此文是否有阿谀结交权贵之嫌。而且在放翁亲编的《渭南文集》里，并没有收入此文，这更加引发了读者的遐想。

放翁的苦心，其实早有人看出来了。罗大经曾在其所著的《鹤林玉露》中说："《南园记》唯勉以忠献之事业，无谀辞。"宋末遗民周密在其《浩然斋雅谈》中说："韩平原南园既成，遂以记属之陆务观。务观辞不获，遂以其'归耕''退休'二亭名，以警其满溢，勇退之意甚婉，韩不能用其语，遂致于败。"又在其《齐东野语》中重申这一观点："昔陆务观作《南园记》于平原极盛之时，当时勉之以仰畏退休。"而将此文收入《放翁逸稿》的明人毛晋更是认为放翁之所以不收此文，乃是"董狐笔也"，也就是说放翁在文中对韩侂胄是直言不讳的。清人袁枚在其《书陆游传后》（《小仓山房文集》卷三十）中更是反驳得有理有据："使游果有附权贵希冀幸进之心，则当曾觌、龙大渊柄国时，略与沾接，早已致身通显矣；而乃大与之忤，逐归不悔，岂有垂暮之年反丧其守之理？卒之，侂胄自咎前失，大弛伪学之禁，又安知非游与往来阴为疏解乎？"

笔者很是赞同以上观点，陆游完全没有必要阿谀奉承韩侂胄。如果他当时正处在仕途中的壮年期，为了自己的前途或为了别的原因，去巴结一个能给自己带来好处的人，那是可以理解的。但当时的陆游已经挂衣冠而去，这篇记又是韩侂胄主动要求他写的，况且陆游自认为此文也并无阿谀之辞。想陆游一生主张北伐中原，而韩侂胄是名门之后，又是当朝权贵，其曾祖韩琦是北宋名将，因此，陆游之所以答应为他作这篇记，很大程度上是幻想能够劝勉韩侂胄利用权势以图恢复之业，而不是希望韩侂胄对他个人有什么恩惠。结合之后的史实来看，韩侂胄于开禧年间主持北伐战争，知其与陆游一样有北定中原之愿。

　　年届七旬有余的陆游，对宦海沉浮早已看透，你方唱罢我登场。他一路走来，当权者像走马灯一样不知换了多少批，区区一个韩侂胄，又岂值得这位亘古男儿去屈膝媚颜？还是朱东润先生说得最好："读的时候，可以看出陆游立言的得体。他提出韩琦的事业，要求侂胄向他的曾祖学习；同时他也点出自己已挂衣冠而去，对于侂胄，无所希冀。"诚哉斯言。

祭朱元晦侍讲①文

某有捐百身起九原之心②，有倾长河注东海之泪③。路修齿耄，神往形留。公殁不亡④，尚其来飨⑤。

【注释】

①朱元晦侍讲：即朱熹（1130~1200），字元晦，宋代理学代表人物，后世尊称为"朱子"，对中国乃至东亚地区的儒学产生过极为深远的影响。因其曾官侍讲，故称。

②有捐百身起九原之心：即愿用死百次来换取死者复生。语出《诗·黄鸟》："如可赎兮，人百其身。"

③有倾长河注东海之泪：形容极其悲伤。语出《世说新语·言语》："声如震雷破山，泪如倾河注海。"

④公殁不亡：身死而精神不灭。《老子》："死而不亡者寿。"

⑤尚其来飨：希望死者来享用祭品的意思。多用作祭文结尾。尚，希望。飨，通"享"。

【赏读】

此文未署年月，然朱熹卒于庆元六年（1200），本文当作于此后。

祭文一般要陈述死者的主要事迹，还要对其稍作评价。纵观《渭南文集》，收祭文凡二十一篇，但每篇的写法都不同，充分体现了陆游的笔力。

此文称得起是祭文中的神作，全文除了后面的两句套语外，正文只有一句话。如此神作，实在令人拍案叫绝。

这篇祭文既然是为朱熹而作，似乎就应该长篇大论，但仔细想想，像朱熹这样的人物，你用什么样的语言才能在一篇祭文内说清楚呢？既然说不清楚，那就干脆什么也不说，千言万语尽在不言中吧。

跋《槃涧图》^①

绍兴己卯、庚辰^②之间，予为福州决曹，延平张仲钦为闽县大夫，朝莫相从。后四年，予佐京口^③，仲钦佐金陵^④，数以檄往来于钟阜、浮玉^⑤间，把酒道旧甚乐。又二十年，予使闽中^⑥，仲钦间居延平，数相闻。方约相过，而予蒙恩召还，遂有生死之异，言之怅然。仲钦之子为西和守，寄此轴来求诗，盖又二十余年，予年七十有七矣。

嘉泰改元岁辛酉五月十九日，陆某书。时予纳禄^⑦已三年，居会稽山阴之三山。

【注释】

①槃涧图：槃涧，是张仲钦晚年隐居之处。张仲钦（1113~1181），名维，字仲钦，延平（今福建南平）人。高宗绍兴八年（1138）进士，调贺州司理参军。历汀州推官、龙溪丞、知闽县。孝宗隆兴初通判建康府，权知太平州。乾道元年（1165）擢广南西路提点刑狱，乾道

二年（1166），知静江府。乾道七年（1171），为江南东路计度转运副使，召为尚书左司郎中。朱熹《右司张公墓志铭》："公已结庐延平溪南山水之间，疏泉发石，号曰檗涧。至是徜徉其间，纵观古书以自娱。"陆游《寄题张仲钦左司檗涧》："溪光如镜新拂拭，白云青嶂无朝暮。伏几读书时举头，万象争阵陶谢句。"

②绍兴己卯、庚辰：即绍兴二十九年（1159）、绍兴三十年（1160），陆游由福州宁德县主簿改任福州决曹掾，旋除敕令所删定官，回京。

③京口：即今江苏镇江。陆游于隆兴元年（1163），调任镇江通判，故称"佐京口"。

④金陵：即今江苏南京。

⑤钟阜、浮玉：钟阜，即南京钟山，也叫紫金山；浮玉，即镇江之金山。此处代指二人书信往来于金陵、京口之间。

⑥又二十年，予使闽中：指淳熙五年（1178），陆游除福建常平茶盐公事。距前事实不足二十年，盖追忆之误也。

⑦纳禄：指辞官。陆游于庆元五年（1199）五月上表请老致仕，七月拜致仕敕，至此前后三年，故云。

【赏读】

此文作于宋宁宗嘉泰元年（1201），陆游七十七岁。

人生有"三老"是弥足珍贵的，曰：老友、老酒、老狗。此"三老"兼而有之，当然是幸福的，即使只有其中"一老"，也足可慰平生了。老友不一定经常见面，但一定一直在心里，如果到了晚年，老友重逢，以叙间阔之情，那当然是妙不可言的事。但老友总要有人先走，留下尚在人间的那位，回忆起来当年的交情，又是怎么样的一种滋味呢？

放翁就有一位老友，名唤张仲钦，可惜早已驾鹤西去，不在人间。两人并非同乡，也不是少年旧友。宋高宗绍兴二十九年（1159）、三十年（1160）前后，来自山阴的放翁在福州任决曹掾，而福建延平人张仲钦也在福州闽县任大夫，二人朝夕相从，两人的交情就奠定在此时。但不久，放翁就回京任职，四年后，出任镇江通判，而张仲钦也正好宦游金陵。金陵、镇江相距不过百里，得知老友近在咫尺，彼此当然忍不住要鸿雁传书。传书尚不解相思，自然要把酒叙旧，两人都觉得好不过瘾。

不过，放翁很快又改任，并在蜀中度过了将近十年的漫长岁月，等他从蜀中回来，偶然提举福建常平茶盐公事，任所就在张仲钦的家乡延平，自然迫不及待地要把这个消息告诉在家闲居的老友，然后赶紧相约重聚，可惜的是，还没来得及相见，放翁又奉诏马不停蹄地赶回京城。谁曾想，然后，就没有然后了。老友就这样走了，阴阳永隔，言之怅然。没想到，时隔二十余年，故人之子又将其父隐居之槃涧绘成图，寄给放翁求诗。见图似是故人来，放翁老先生写下了这篇动情的跋文。

跋《王右丞集》

余年十七八时，读摩诘①诗最熟；后遂置之者几六十年。今年七十七，永昼无事，再取读之，如见旧师友，恨间阔②之久也。

嘉泰辛酉五月六日，龟堂南窗书。

【注释】

①摩诘：即王维（701？~761），字摩诘，太原祁（今山西祁县）人，唐代著名诗人、画家，有"诗佛"之称。曾任尚书右丞，故又称"王右丞"。

②间阔：久别。汪藻《庚午岁屏居零陵》诗："人言间阔者，一日如三秋。"

【赏读】

此文作于宋宁宗嘉泰元年（1201），陆游七十七岁。

放翁先生博览群书、博采众长，在《跋〈渊明集〉》的"赏读"部分，我们已经做过阐述。他爱看书的习惯是从小就养成的，很多书是他从小就喜欢看的。他后来成为一位大诗人，这和他从小就爱读名家的诗是分不开的。但有趣的是，有一位名家的诗，放翁先生十七八岁时读之最熟，后来却不知何故，置之六十年。现在他已年过古稀，闲居在家，忽又拿起来重读，这种感觉，仿佛如见旧师友，只恨阔别太久了。这位名家，就是唐代著名诗人、有"诗佛"之称的王维。

放翁为什么在十七八岁之后将近六十年的时间里，没有再读王维的诗，我们似乎很难给出准确的答案，大概是王摩诘的诗不太合乎陆放翁中壮年时期的口味吧。但时隔六十年重读，又是怎么样的一番滋味呢？放翁说是"如见旧师友"。无独有偶，胡适先生早年熟读旧小说，二十一岁时赴美留学，忽一日，又读到少年时熟读的《水浒传》，于是在日记里说，就像见到了少年旧友一般。此时距他少年时代不过十年左右，而胡适先生已有此叹，更何况放翁是在六十年之后呢？

跋韩晋公^①《牛》

予居镜湖^②北渚，每见村童牧牛于风林烟草之间，便觉身在画图。自奉诏紬史^③，逾年不复见此，寝饭皆无味。今行且^④奏书^⑤矣，奏后三日，不力求去，求不听辄止者，有如日^⑥。

嘉泰癸亥四月一日，笠泽陆某务观书。

【注释】

①韩晋公：即韩滉（723～787），字太冲，京兆长安（今陕西西安）人，唐朝著名画家。贞元初，加检校左仆射及江淮转运使，封晋国公。擅绘人物及农村风俗景物，摹写牛、羊、驴等动物尤佳。《五牛图》为其传世精品。

②镜湖：亦称鉴湖，位于陆游故乡山阴（今浙江绍兴）。东汉永和五年（140），会稽太守马臻在会稽、山阴二县界，筑堤蓄水而成此湖。

③奉诏紬（chōu）史：修史。于嘉泰二年（1202）五月，宋宁宗召陆游入临安主持编修国史。紬，缀集。

④行且：将要。

⑤奏书：书成后献给皇帝。

⑥有如日：古人誓词，意谓指日为誓。

【赏读】

　　本文写陆游由韩滉的《牛》图联想到故乡村童牧牛的景象：镜湖的明净，林草的秀美，村童的快乐，牧牛的情趣……真是美景如画，引人陶醉，作者遂起归隐之思。

　　作此跋时，陆游已七十九岁高龄，此前一年的嘉泰二年（1202），他奉召赴临安编修孝宗、光宗《两朝实录》，为报国而勉力复出。但他身在临安，心怀故土，文章最后用一句誓言来表达这一愿望，节奏急促，语意决绝，其急切之情溢于言表。此后连续三次上书告老，一月之后，终获准告老还乡。

　　史承谦《静学斋偶志》评此文曰："读之，可想见此翁胸次。"王符曾《古文小品咀华》："高蹈之思，奇特之气，拂拂从十指间出。"

《普灯录》^①序

粤^②自旷大劫^③来，至神应迹^④，开示天人，未有不以文字语言相授者。今七佛偈^⑤，是其一也。至于中夏^⑥，则三十万年之前，包牺氏^⑦作，已画八卦、造书契矣。释迦之兴，固亦无异。今一大藏教^⑧，可谓富矣，乃独于最后举华示其上足弟子迦叶^⑨，迦叶欣然一笑，不立文字，不形言语，谓之正法眼藏^⑩。师举华而传，弟子一笑而受，既书之木叶旁行之间矣，亦未见其与古圣异也。岂谓之文而非文，谓之言而非言邪？

昔有《景德传灯》^⑪三十卷者，盖非文之文、非言之言也。此门一开，继者相望，其尤杰立者，《续灯》《广灯》二书也。然皆草创简略，自为区别，虽圣君贤臣之事，有不能具载者。独旁见间出于诸祖章中，识者以为恨。吴僧正受^⑫始著《普灯》，凡十有七年，成三十卷，前日之恨，毫发无遗矣。而尤为光明崇显者，我祖宗之明诏睿藻，哀集周悉，一一皆有据依，足以传示万世，宝为大训，其有功于释门最大。方且上之御府^⑬，副在名山，而又以其副示某，俾得纪述梗概于后。某自隆兴距嘉泰，五备史官，今虽告老，待尽山泽，犹于祖宗遗事，思以尘露之微，仰足山海，不自知其力之不逮也。

　　嘉泰四年三月乙酉，太中大夫、充宝谟阁待制致仕、山阴县开国子食邑五伯户、赐紫金鱼袋陆某谨序。

【注释】

　　①《普灯录》：共三十卷，正受撰。卷一至卷二十一，主要收录六代祖师至南岳以下十七代、青原以下十六代诸师的示众机要；卷二十二至卷三十，广录圣君、贤臣、应化圣贤、拾遗、诸方广语、拈古、颂古、偈赞、杂著等。

　　②粤：句首助词，表示审慎的语气。

　　③旷大劫：佛教语。指久远之劫，过去的极长时间。大劫，佛家以天地一成一毁为一劫，经八十小劫为一大劫。

　　④应迹：佛教语。即应化垂迹，指佛、菩萨应众生之机缘而自其本体示现种种身，以度众生。

　　⑤佛偈：佛经中的颂词，用三言、四言、五言、六言、七言等为句，四句为一偈。

　　⑥中夏：即华夏、中国、中原。《文选·东都赋》："目

中夏而布德，暌四裔而抗棱。"吕向注："中夏，中国。"

⑦包牺氏：即伏羲氏。古代传说中的三皇之一，风姓。相传其始画八卦，教民结网，从事渔猎畜牧。为神话中人类始祖。图像为蛇身人首。

⑧一大藏教：佛教以释迦牟尼佛所说之经、律、论三藏为教法，为全佛教之教说，故称一大藏教。

⑨迦叶：即摩诃迦叶，释迦牟尼佛的著名弟子，以苦行修道见长，号称头陀第一，禅宗视之为西天第一代祖师。

⑩正法眼藏：佛教语。禅宗用来指全体佛法（正法）。朗照宇宙谓眼，包含万有谓藏。相传释迦牟尼以正法眼藏付与大弟子迦叶，是为禅宗初祖，为佛教以"心传心"授法的开始。

⑪《景德传灯》：即北宋法眼宗道原的《景德传灯录》。此书记载自过去七佛、第一祖摩诃迦叶至第二十七祖般若多罗、东土六祖，再到法眼宗文益禅师法嗣的禅宗传法世系，共一千七百零一人的机缘语句，并详记各禅师的俗姓、籍贯、修行经历、住地、圆寂年代、世寿、法腊、谥号等。该书对后世影响较大，《续传灯录》《天圣广灯录》等，皆系模仿此书而作。

⑫正受（1146~1208）：号虚中，吴人，平江府（今江苏苏州）报国光孝寺僧。

⑬御府：藏禁中图书秘记的官署。《普灯录》撰成后，宋宁宗敕许入藏御府。

【赏读】

此序作于宋宁宗嘉泰四年（1204），陆游八十岁。

所谓"灯录"，即"传灯录"的简称，是记载禅宗历代法师机缘的典籍。我国最早的传灯录，据传是东魏僧人云启与天竺三藏那连耶舍共编的《祖偈因缘》，记录从过去七佛至西天二十八祖的传法事迹，但这部书可能是后世禅僧托名撰写的。现存最早的传灯录，当为南唐泉州昭庆寺静禅师和筠禅师合编的《祖堂集》，成书于南唐保大十年（952），国内早已散佚，1912年由日本学者在朝鲜发现。

《祖堂集》之后，宋代出现了几部重要的传灯录，如北宋法眼宗道原的《景德传灯录》（简称《景德录》）、北宋临济宗李遵勖的《天圣广灯录》（简称《广灯录》）、北宋云门宗惟白的《建中靖国续灯录》（简称《续灯录》）、南宋临济宗沙门悟明的《联灯会要》（简称《联灯》）、南宋云门宗正受的《嘉泰普灯录》（简称《普灯录》）等。上述五部灯录，共一百五十卷，篇幅庞杂，所载世次、人物及机语等，层见叠出，诸多重复。至宋末，僧普济删繁就简，编成《五灯会元》。

《五灯会元》之后，又有多种续传灯录问世。诸如明代有净柱的《五灯会元续略》、居顶的《续传灯录》、文琇的《增集续传灯录》等。而康熙年间超永所编的《五灯全书》，则是禅宗有灯录以来篇幅最大的一部，堪称是同类著作的集大成者。

因此，《普灯录》在整个禅宗灯录系统中具有极为重要的地位，而这样一部重要的佛教史籍却请放翁这样一位非佛教人士作序，亦可见他当时在文坛乃至在整个文化界的地位与影响。当然，放翁的这篇序，和他在数年前为《佛照禅师语录》所作的序一样，并非洋洋洒洒，而只是寥寥数语，其主旨仍在"非文之文、非言之言"。

祭周益公文①

某绍兴庚辰，始至行在。②见公于途，欣然倾盖。得居连墙，日接嘉话。每一相从，脱帽褫③带。从容笑语，输写肝肺④。邻家借酒，小圃锄菜。荧荧青灯，瘦影相对。西湖吊古，并辔共载。赋诗属文，颇极奇怪。淡交如水，久而不坏。各谓知心，绝出流辈。别二十年，公位鼎鼐。我方西游，荷戈穷塞。归得台郎，旋又坐废⑤。公亦策免⑥，久处于外。见不可期，使我形瘵⑦。斯文日卑，公则崧岱。士昏于智，公则蓍蔡⑧。公老不衰，雷霆百代。每得手书，字细如芥。痴儿骏女⑨，问及琐碎。孰为一病，良医莫差。赴告⑩鼎来⑪，震动海内。奔赴不遑，涕泗澎湃。岂无莼鲫⑫，致此薄酹。辞则匪工，聊寄悲慨。

【注释】

①周益公：即周必大，详见本书《跋〈晁百谷字叙〉》一文的注释⑦。

②"某绍兴"二句：指绍兴三十年（1160），陆游由福州决曹回临安任敕令所删定官。

③褫（chǐ）：脱去，解下。

④输写肝肺：倾吐内心。

⑤坐废：获罪罢官。

⑥策免：因策书免官。

⑦瘵（zhài）：病。《诗·瞻卬》："邦靡有定，士民其瘵。"毛传："瘵，病。"

⑧蓍（shī）蔡：比喻德高望重之人。

⑨痴儿騃（ái）女：原意指傻儿女，这里指陆游称周必大来信关心自己的儿女。

⑩赴告：专指报丧。春秋时各国以崩薨及祸福之事相告。前者称"赴"，后者称"告"。《左传·文公十四年》："凡崩、薨，不赴则不书。祸、福，不告亦不书。惩不敬也。"孔颖达疏："凶事谓之赴，他事谓之告。对文则别。散文则通。"

⑪鼎来：正来，方来。

⑫莼鲫：莼菜和鲫鱼，这里指祭奠用的供品。

【赏读】

此文未署年月，然周必大卒于嘉泰四年（1204），当作于此后。

　　祭文作为一种应用文体，如果没有真情实感，就很容易流于形式，套话连篇，令人作呕。但放翁老先生乃千年一出的大文豪，他所作的祭文，自然也与众不同。我们曾赏读过他的《祭朱元晦侍讲文》，正文就一句话；我们也曾说《渭南文集》里收祭文凡二十一篇，篇篇都不同，这篇《祭周益公文》又是一篇妙作。

　　周益公，即周必大，官至左丞相，封益国公。官不可谓不大，位不可谓不高，若是换了俗人俗笔，肯定会将周必大的平生功业歌颂一番，看起来巍峨典雅，但实际上套在任何位高权重的人头上都可以，周必大何以成周必大？放翁这篇祭文则不同，周必大位高权重是周必大的事，我就仅仅抓住我和周必大不得不说的几件小事来写。

　　放翁和周必大是君子之交。他们最初的相识、相知，是放翁三十多岁到京城任敕令所删定官的时候。当时周必大也在京任太学录，旋迁秘书省正字、国史院编修、监察御史。仕途比放翁顺得多，职位也比放翁高得多，但二人一见如故，互诉心声。周必大也是一代文学家，二人惺惺相惜，居处既近，朝夕过从，或借粗菜薄酒，青灯相对；或是西湖吊古，并辔而行。二人谈论最多的话题，当然还是诗文，彼此都以对方为知己，交心远超旁人。别后二十年，放翁从蜀中回来，闲居在家，无所作为；周必大亦罢官，久居于外。二人虽不能相见，但仍心系彼此，鸿雁传书，往来不绝。此时二人都早过半百，来书问讯，都是嘘寒问暖的琐事。大概人到此时，平安、祥和才是最宝贵的吧。

周必大比放翁小一岁，离世也只早五年，属于同龄人，共同见证了一个时代的变迁。放翁在这篇不算长的祭文里，用四言韵语，把两人半个世纪的交情融入其中，没有豪言壮语、没有故作惊人之笔，缓缓写来，只有那淡交如水的交谊，细水长流。

东篱记

放翁告归之三年，辟舍东弗①地，南北七十五尺，东西或十有八尺而赢，或十有三尺而缩②，插竹为篱，如其地之数。埋五石瓮，潴泉为池，植千叶百芙蕖③，又杂植木之品若干，草之品若干，名之曰东篱。

放翁日婆娑其间，掇④其香以嗅，撷⑤其颖以玩，朝而灌，莫而锄。凡一甲坼⑥，一敷荣⑦，童子皆来报惟谨。放翁于是考《本草》以见其性质，探《离骚》以得其族类，本之《诗》《尔雅》及毛氏、郭氏之传，以观其比兴，穷其训诂。又下而博取汉、魏、晋、唐以来，一篇一咏无遗者，反复研究古今体制之变革，间亦吟讽为长谣短章、楚调唐律，酬答风月烟雨之态度。盖非独娱身目、遣暇日而已。

昔老子著书，末章自小国寡民，至甘其食，美其服，安其居，乐其俗，邻国相望，鸡犬之声相闻，民至老死不相往来，其意深矣。使老子而得一邑一聚，盖真足以致此。於呼！吾之东篱，又小国寡民之细者欤!

开禧元年四月乙卯记。

【注释】

①茀（fú）：野草塞路。

②缩：不足。

③芙蕖：荷花别名。《诗·山有扶苏》："隰有荷华。"郑玄笺："未开曰菡萏，已发曰芙蕖。"

④掇（duō）：采摘，拾取。

⑤撷：采摘。

⑥甲坼（chè）：指草木发芽时种子外皮裂开。坼，裂。

⑦敷荣：开花。唐代许敬宗《掖庭山赋》："百卉敷荣，六合清朗。"

【赏读】

此文作于宋宁宗开禧元年（1205），陆游八十一岁。

放翁是中国古代文学史上罕见的寿星，在人世间一共走过了八十五个春秋，只是他人生最后的二三十年，大部分时间是在担任闲职和闲居故乡的交替中度过的。虽然他直到去世也未能等到王师北定中原日，但却为我们留下了大量优秀的作品。这或许真的就是"国家不幸诗家幸"吧。

　　放翁从宋光宗绍熙元年（1190）起，就一直闲居故乡山阴，直到去世。宋宁宗庆元六年（1200），请致仕，不许。嘉泰三年（1203），再请致仕，又不许；再请，始得许，正式告归。本文开篇所谓"放翁告归之三年"，即由此算起。"东篱"一词，对熟悉中国古代文学的读者而言，并不陌生，此取自著名诗人陶渊明的"采菊东篱下，悠然见南山"，从那以后，"东篱"和"南山"都成了闲居、隐居的代名词。放翁老先生在这篇《东篱记》里，以极为轻松闲适的笔调描写了他的东篱。如何布置、如何种植，如何考草木之性质、如何谈花鸟之族类，乃至于一草一木，皆一篇一咏，无有遗者，以研究古今体制的变革，酬答风月烟雨的态度。末了，还引用《老子》"小国寡民"的名言，称自己的东篱又是小国寡民中的经典之作。闲闲写来，仿佛世间的一切，甚至包括北定中原，都已不再是他的牵挂。在他同时期的诗歌里，也表达了这种意趣，如"百世不忘耕稼业，一壶时叙里闾情"（《示邻曲》），"萧然便觉浑无事，谈笑时时过近邻"（《闭门》）。

　　这种境界固然是令人极为钦羡的，就像宋僧诗："春有百花秋有月，夏有凉风冬有雪。若无闲事挂心头，便是人间好时节。"但真正能做到的又有几人？我们始终无法否认放翁北定中原的梦，他的绝笔诗便是最好的印证。

我们知道他的内心是痛苦的，但他假装不痛苦。他以假装不痛苦的心情写了这篇《东篱记》。八十一岁的老人，在大千世界转了一圈之后，终于回到了那个梦想开始的地方，尽管这个梦从未真正实现过，但有梦，才有放翁的这一生，才有这煌煌之巨著。

跋司马端衡^①画《传灯图》^②

　　司马六十五丈，抱负才气，绝人远甚。方少壮时，以党家不获施用于时。欲有以寓其胸中浩浩者，遂放意于画，落笔高妙，有顾、陆^③遗风。某尝以通家^④之旧，亲闻其论画，衮衮^⑤终日，如孙、吴^⑥谈兵，临济、赵州^⑦谈禅，何其妙也。每恨是时不能记录一二，以遗后之好事者。今获观《传灯图》，恍如接言论风指^⑧时，稽首^⑨太息，不能自已。

　　开禧丁卯岁十月丁未，山阴陆某谨题。

【注释】

　　①司马端衡：即司马槐，字端衡，夏县（今属山西夏县）人。司马光之子。曾为参议，因党争牵连而不得兼用，遂放意于画。

　　②《传灯图》：指司马端衡有关佛教禅宗传法的画作。

　　③顾、陆：即顾恺之、陆探微，分别是东晋、南朝宋的著名画家，与曹不兴、张僧繇合称为"六朝四大家"。

④通家：即世交。

⑤衮衮：形容说话滔滔不绝的样子。

⑥孙、吴：即春秋战国著名军事家孙武、吴起。二人并称，成为兵家的代名词。

⑦临济、赵州：皆唐代高僧。临济，佛教临济宗创始人；赵州，即赵州从谂禅师，为禅宗六祖惠能大师的第四代传人。

⑧风指：趣旨，意图。

⑨稽首：古代的一种跪拜礼，为九拜中最隆重的一种礼仪。

【赏读】

此文作于宋宁宗开禧三年（1207），陆游八十三岁，即去世前两年。

"人生在世不称意，明朝散发弄扁舟。"李太白走得很潇洒。"用舍由时，行藏在我"，这是中国古代知识分子的一个优良传统，也为自己的人生道路开辟了更多的选择。不要说统治者不用我的时候，我当然会潇洒地走开；即便用我的时候，我也不见得就会留下来。跳出宦海浮沉的他们，或是埋首于著述，或是徜徉于山水，或是寄情于书画。本篇跋文的主人公司马端衡就是这样一位奇人。

　　司马端衡，名槐，是北宋名相司马光之子。他的才气和抱负出众，但过于锋芒毕露，有时候也会树敌无数。加之受他父亲司马光生前党争之事的影响，使司马槐不见用于朝廷。但不要紧，你们不用我，我自己用。于是，司马先生就把自己胸中浩浩之气，放意于画，落笔极其高妙，简直有顾恺之、陆探微之遗风。放翁因和司马槐有世交之谊，曾亲自听到他论画，滔滔不绝，仿佛就像兵法家孙武、吴起在谈兵法，又好像临济、赵州禅师在论禅，简直妙极了。放翁只恨当时没有记录下来，不然可以传给更多的人分享。现在看到司马先生画的《传灯图》，想起当年亲耳聆听他的高论时的情景，怎能不令人稽首礼拜、叹息不已呢？

　　司马端衡为什么对作画有这么多的话要说？因为作画已经完全内化为他灵魂的一部分。从这个角度来讲，他不是在作画，而是在写心。

《送岩电道人入蜀》　序

　　王衍[①]一生酣豢富贵，乃以口不言钱自高。岩电[②]本张氏子，施药说相，不受人一钱，乃自称姓钱，以滑稽玩世。古今相反有如此者。忽来告放翁，言将西入蜀，乃书以遗之。他日到青城、大峨、雾中、鹄鸣[③]诸名山，见孙思邈[④]、朱桃椎[⑤]、张四郎[⑥]、尔朱先生[⑦]、姚小太尉[⑧]、谯天授[⑨]、尹先觉[⑩]辈，有问放翁安否者，可出此卷，相与一笑。

【注释】

　　①王衍（256~311）：字夷甫，琅邪临沂（今山东临沂）人。喜谈老庄，西晋玄学的代表人物。口中从不言及"钱"字，而以"阿堵物"代之。

　　②岩电：姓张，名不详，岩电当是他的道号。生平虽不可考，但从此文看来，与陆游当属老友。

　　③青城、大峨、雾中、鹄鸣：俱系川蜀名山。

　　④孙思邈：京兆华原（今陕西铜川市耀州区）人。通

诸子百家，喜好佛典，精于医药。唐代著名医学家、道士，被尊称为"药王"，著有《千金要方》《唐新本草》。

⑤朱桃椎：益州成都人。唐初道士，淡泊绝俗，结庐山中，人称朱居士。

⑥张四郎：即张远霄，今四川眉山人。传说是为人消灾避邪、助人得子的神仙。

⑦尔朱先生：五代人，复姓尔朱，与容成公、李耳、董仲舒、张道陵、严君平、李八百、范长生并称"蜀之八仙"。

⑧姚小太尉：即姚平仲，字希晏，世为西陲大将。年十八与西夏战，颇有功。从童贯镇压方腊，为贯所抑。累迁武安军承宣使。徽宗宣和五年（1123），以宣抚司统制官受命交割燕京。钦宗靖康元年，入援京师，任京畿宣抚司都统制，夜袭金营，功不成，亡命西蜀，隐居大面山。朝廷诏求不得。孝宗乾道、淳熙间始出至丈人观道院，时年八十余。

⑨谯天授：即谯定，字天授，人称谯夫人，涪陵人，自号涪陵。北宋学者，师事程颐。靖康初，钦宗召其为崇政殿说书，不就，后隐居青城山中。

⑩尹先觉：即尹天民，字先觉，太学博士，出知相如县。后除侍讲，不就，清议高之。

【赏读】

此序作于宋宁宗嘉定元年（1208），陆游八十四岁，即他去世前一年。

越到晚年，放翁的文风变得越来越随性、戏谑，简直变成了一个"老顽童"。当时有人称他为"小太白"，这大概是从诗风的角度；如果从晚年时期的文风来看，笔者宁可称其为"小东坡"。

这位岩电道人究竟何许人也，我们已经不得而知，但从这篇序的语气来看，放翁和他当属多年故交，至少也是心性相知的密友。因此，在八十四岁高龄的时候，面对一个即将远赴蜀地的朋友，放翁竟然用如此潇洒甚至略带玩笑的语气来送别，这是何等的境界！

送别的语言多种多样，究竟选择哪一种，这和被送别的人有很大关系。放翁之所以用如此潇洒乃至开玩笑的语气来送别，是因为这位岩电道人本身就是一个"滑稽玩世"的人。为这样一位朋友送别，如果"一本正经地说"，岩电能走得开心吗？倒不如直接"不正经地说"。陆游一口气举了那么多道士、隐者、神仙，这些人的遗迹或许是他三四十年前在蜀中寻访过的，或许是他一直惦记在心的，这次正好托老友去拜访他们。这也就罢了，没想到他还考虑了这些道士、隐者、神仙如果"有问放翁安否者"，就请岩电拿出这篇序，然后"相与一笑"。

天童《无用禅师语录》 序

虙羲①一画，发天地之秘；迦叶一笑②，尽先佛之传。净名一默③，曾点一唯④，丁一牛刀⑤，扁一车轮⑥，临济一喝⑦，德山一棒⑧，妙喜一竹篦子⑨，皆同此关捩⑩，但恨欠人承当。天童无用禅师⑪，盖卓尔能承当者。未见妙喜大事已毕，岂有住山示众之语可累编简哉？放翁谓若不投之水火，无有是处。惟韩退之⑫所云"火其书"⑬，其语差似痛快，又恐退之亦止是说得耳！五百年后，此话大行，方知无用与放翁却是同参。

嘉定元年秋九月丙辰序。

【注释】

①虙羲：即伏羲，详见本书《〈普灯录〉序》一文的注释⑦。

②迦叶一笑：典出《五灯会元》。世尊在灵山会上，拈花示众，是时众皆默然，唯迦叶尊者破颜微笑。世尊曰："吾有正法眼藏，涅槃妙心，实相无相，微妙法门，

不立文字，教外别传，付嘱摩诃迦叶。"

③净名一默：典出《维摩诘所说经》。文殊师利问维摩诘言，仁者当说何等是菩萨入不二法门。时维摩诘默然无言。文殊叹曰："善哉！善哉！乃至无有文字语言，是真入不二法门。"净名，即维摩诘，以智慧辩才著称的大乘居士。

④曾点一唯：典出《论语》。孔子问弟子子路、冉有、公西华、曾点之志，曾点曰："暮春者，春服既成，冠者五六人，童子六七人，浴乎沂，风乎舞雩，咏而归。"孔子曰："吾与点也。"曾点，字子皙，也叫曾皙，曾参之父，孔子的弟子。

⑤丁一牛刀：典出《庄子》中的"庖丁解牛"。庖丁为文惠君解牛，目无全牛，游刃有余，文惠君赞叹其技艺之妙。"庖丁解牛"后来成为技艺神妙的代称。

⑥扁一车轮：典出《庄子》的"轮扁斫轮"。桓公读书于堂上，轮扁斫轮于堂下。轮扁以圣人之言为"古人之糟粕"，因为他的斫轮之术"口不能言，有数存乎其间。臣不能以喻臣之子，臣之子亦不能受之于臣"。

⑦临济一喝：典出"临济四喝"，唐代临济义玄禅师以"喝"接引徒众的四种方法。《临济录》载，师问僧："有时一喝如金刚王宝剑，有时一喝如踞地金毛狮子，有时一喝如探竿影草，有时一喝不作一喝用。汝作么生

会?"僧拟议，师便喝。

⑧德山一棒：唐代德山宣鉴禅师常以棒打为接引学人之法，形成特殊门风，世称"德山棒"。《五灯会元》载："道得也三十棒，道不得也三十棒。"德山为何以棒打为法，未作解释，盖禅宗主张"以心传心，不立文字"之故，不得开口说，只能以棒打点醒学人。

⑨妙喜一竹篦子：妙喜禅师著有《竹篦子话》，因教徒时，手上尝持一根竹篦子，故曰：妙喜一竹篦子。妙喜即大慧禅师，宋代临济宗高僧。

⑩关捩（liè）：比喻原理、道理，也比喻事物的紧要处。

⑪天童无用禅师（1138～1207）：法名净全，俗姓翁，弱冠出家，后入径山参大慧宗杲，得授心印。

⑫韩退之：即韩愈（768～824），字退之，河阳（今河南孟州）人。唐代诗人、唐宋八大家之一，主张尊儒反佛。

⑬火其书：韩愈在《原道》一文中提出"人其人，火其书，庐其居"，试图彻底废除佛教。

【赏读】

此序作于宋宁宗嘉定元年（1208），陆游八十四岁，即其去世前一年。

　　此篇可与放翁所作的《〈普灯录〉序》《〈佛照禅师语录〉序》相参看，都是应佛教人士之请而为他们的著作所作的序。有趣的是，放翁似乎不太"领情"，虽说写了，然而，不是寥寥数语，就是"戏言"一番。然而，细读这些"戏言"，似乎又不是纯粹的玩笑，戏谑中又颇带哲思。这既与他晚年的文风相一致，也与禅宗的教义有关。

　　本篇开头连用虑羲一画、迦叶一笑、净名一默、曾点一唯、丁一牛刀、扁一车轮、临济一喝、德山一棒、妙喜一竹篦子九个典故，说明"皆同此关捩"，那么，"此关捩"究竟是什么？是不立文字的心领神会。主张不立文字的禅宗和尚却频频拿出语录、灯录，而且三番五次来请一个教外人士作序，这到底是怎么回事？放翁忍不住说："岂有住山示众之语可累编简哉？"甚至取笑说："若不投之水火，无有是处。"还拿出韩退之的"火其书"来吓唬无用禅师。最后却又半玩笑半安慰地调侃："五百年后，此话大行，方知无用与放翁却是同参。"

　　写到这里，笔者不禁想起了林语堂先生在其名作《苏东坡传》的结尾处，写东坡临终之时，他的老友维琳方丈来探望他，走得靠他很近，向他耳旁说："端明宜勿忘西方！"东坡曰："西方不无，但个里着力不得！"另一位好友钱世雄说："固先生平时履践至此，更须着力！"东坡却说："着力即差！"

桥南书院记

　　吾友西安徐载叔[①]，豪隽人也，博学善属文，所从皆知名士。方其少壮时，视功名富贵犹券内[②]物，一第直浼我[③]尔。然出游三十年，蹭蹬[④]不偶[⑤]，异时知己，零落且尽。家赀本不薄，载叔常粪壤视之，权衡仰俯，算筹衡纵，一切不能知，惟日夜从事于尘编蠹简中，至食不足不问也。中年，卜居城中，号桥南书院。地僻而境胜，屋庳而人杰，清流美竹，秀木芳草，可玩而乐者，不一而足。载叔高卧其中，裾不曳[⑥]，刺不书[⑦]，客之来者日益众。行者交迹，乘者结辙[⑧]，诃殿[⑨]者笼坊陌，虽公侯达官之门不能过也。名不可妄得，客不可强致，载叔盖有以得此于人矣。乃者数移书于予，请记所谓桥南书院者。

　　嗟乎！汉梁伯鸾[⑩]入吴，赁舂[⑪]于皋伯通[⑫]庑下，至今吴有皋桥[⑬]，盖以伯鸾所寓得名。载叔之贤，不减伯鸾，而桥南乃其居，则后世不埋没决矣，尚何待记？然载叔之请，不可终拒也。乃为之书。

嘉定元年夏六月庚寅，山阴陆某务观记。

【注释】

①徐载叔：名赓，秀才出身，早年从朱熹学，出游三十年，喜与诸公论议，辨质文章，故以学识卓然而闻于世。后隐居桥南，桥南书院即其为隐居而修的。

②券内：分内。

③一第直浼我：意为一旦中第就有辱于自身。

④蹭蹬：困顿，失意。

⑤不偶：不遇。引申为时运极差。

⑥裾不曳：即不曳裾。古代以"曳裾"比喻在权贵的门下做食客。曳，拉。裾，衣服的大襟。

⑦书不刺：即不书刺。古代求见权贵，须先将自己的姓名、官职等书写在竹、木片上，求门人通报，名"书刺"。刺，名帖。

⑧结辙：车马往来不绝。

⑨诃殿：古代官员外出时的一种仪式，侍卫大声呵呼，以示威严。

⑩梁伯鸾：即梁鸿，字伯鸾，扶风平陵（今陕西咸阳）人。曾作《五噫歌》以讽世，帝闻不悦，下诏搜捕，遂南逃至吴，为人赁舂。

⑪赁舂：受雇为人舂米。

⑫皋伯通：吴人，乡里富豪，梁鸿与妻孟光曾舍皋伯通家，为人赁舂，伯通待以宾礼。

⑬皋桥：在今江苏苏州城区阊门内，因皋伯通而得名。

【赏读】

此文作于宋宁宗嘉定元年（1208），陆游八十四岁，其去世前一年。

放翁一生宦游四方，与衢州有着不解之缘，曾多次在衢州盘桓，并在此结交了不少朋友，留下了传诵千古的诗篇。徐赓就是其中的一位。

衢州人徐赓，字载叔，秀才出身。其父徐国润，为一乡善士。徐赓早年从朱熹学，出游三十年，喜与诸公论议，辨质文章，故以学识卓然闻名于世。宋孝宗淳熙十六年（1189），徐赓寓居烂柯山，筑藏书楼于东庄，请放翁为东庄藏书楼题诗，放翁遂有《寄题徐秀才载叔东庄》之作。宋宁宗庆元六年（1200），徐母留夫人仙逝，陆游闻讣，为撰《留夫人墓志铭》。嘉定元年（1208），徐赓修桥南书院，并把《桥南书堂图》寄给放翁，于是，八十多岁高龄的陆放翁欣然写下了这篇《桥南书院记》。

暮年的放翁，心境已经变得十分平和、洒脱，往日义愤填膺的英雄气概早已深埋心底。从徐赓修桥南书院尚在中年来看，他当是放翁的晚辈友人，二人是忘年交。放翁对这样一位颇具才情的晚辈选择隐逸之事，已经看得很淡，字里行间还透露着些赞许与钦羡之情。人生在世，忙忙碌碌，究竟为了什么？想放翁一生高呼北伐中原、收复失地，到头来又如何？夜深人静，小酒二两，往事一幕幕就像潮水，汹涌而来。但潮起潮落，人来人往，所谓的功名利禄，也不过是过眼云烟，何况许多人苦苦追求了一生，也未必就能荣华富贵。这样想来，倒不如找个地僻而境胜的所在，高卧其中，清流美竹，秀木芳草，怡然自得。管他成王败寇，说甚龙争虎斗，都不如我这乾坤一袖！

全文最后用梁鸿、孟光舍皋伯通家的典故，将桥南书院比之皋桥。唐代诗人皮日休有《皋桥》诗一篇，正道出了"皋桥"的真谛，诗曰：

皋桥依旧绿杨中，闾里犹生隐士风。

唯我到来居上馆，不知何道胜梁鸿。

万卷楼[①]记

　　学必本于书。一卷之书，初视之，若甚约也。后先相参，彼此相稽，本末精粗，相为发明，其所关涉，已不胜其众矣。一编一简，有脱遗失次者，非考之于他书，则所承误而不知。同字而异诂，同辞而异义，书有隶古，音有楚夏，非博极群书，则一卷之书，殆不可遽通。此学者所以贵夫博也。自先秦、两汉讫于唐、五代以来，更历大乱，书之存者既寡，学者于其仅存之中，又卤莽焉以自便，其怠惰因循，曰："吾惧博之溺心也。"岂不陋哉！故善学者通一经而足，藏书者虽盈万卷犹有憾焉。而近世浅士，乃谓藏书如斗草[②]，徒以多寡相为胜负，何益于学？呜呼！审如是说，则秦之焚书，乃有功于学者矣。

　　昭武朱公敬之，粹于学而笃于行，早自三馆[③]为御史，为寺卿，出典名藩[④]，尊所闻，行所知，亦无负于为儒矣。然每怏然自以为歉，益务藏书，以栖于架、藏于椟为未足，又筑楼于第中，以示尊阁传后之意，而移书属予记之。

予闻故时藏书，如韩魏公"万籍堂"⑤、欧阳兖公"六一堂"⑥、司马温公"读书堂"⑦，皆实万卷，然未能绝过诸家也。其最擅名者，曰宋宣献、李邯郸、吕汲公、王仲至⑧，或承平时已丧，或遇乱散轶，士大夫所共叹也。朱公齿发尚壮，方为世显用，且澹然无财利声色之奉，傥网罗不倦，万卷岂足道哉？予闻是楼，南则道人三峰，北则石鼓山，东南则白渚山，烟岚云岫，洲渚林薄，更相映发，朝莫万态。公不以登览之胜名之，而独以藏书见志，记亦详于此、略于彼者，盖朱公本志也。

嘉定元年秋七月甲子记。

【注释】

①万卷楼：朱钦则所建之藏书楼。朱钦则，字敬父，一字敬之，福建邵武人，南宋藏书家。南唐朱遵度，人称"朱万卷"；宋初朱昂，人称"小万卷"。朱钦则以"万卷"名其藏书楼，追步同姓前贤之意甚明。

②斗草：古代一种民间游戏，流行于中原和江南地区，参与者多为女子。宋代主要盛行于端午、春社及清明时节。斗草有"文斗""武斗"之分，"文斗"以对仗形式互报草名，以采草种多、对仗好为胜。

③三馆：弘文馆、集贤馆、史馆，分别负责藏书、校书和修史。后合并在崇文院中。

④出典名藩：即出而执掌地方重镇。

⑤韩魏公"万籍堂"：韩魏公，即北宋名臣韩琦。李清臣《韩忠献公琦行状》："家聚书万余卷，悉经签题点勘，列屋贮之，目曰'万籍堂'。"

⑥欧阳兖公"六一堂"：欧阳兖公，即欧阳修。其自作《六一居士传》，称有藏书一万卷、集录三代以来金石遗文一千卷、琴一张、棋一局、酒一壶、老翁一个，合为"六一"。

⑦司马温公"读书堂"：司马温公，即司马光。《梁溪漫志》："温公独乐园之读书堂，文史万余卷。而公晨夕所常阅者，虽累数十年，皆新若手未触者。"

⑧宋宣献、李邯郸、吕汲公、王仲至：四人皆为宋代著名藏书家。宋宣献，即宋绶，博通经史百家，家富藏书，多秘府所不及，其子宋敏求，藏书三万卷。李邯郸，即李淑，著有《邯郸图书志》，收录五十七类、二万三千一百八十余卷。吕汲公，即吕大防，北宋名相，长于经学。王仲至，与苏轼、晁补之等颇有唱和，每得一书，必传抄之，又求别本参校，然后缮写。

【赏读】

此文作于宋宁宗嘉定元年（1208），陆游八十四岁，即其去世前一年。

　　爱读书的人，大多也爱藏书，但爱藏书的人，并不一定都爱读书。真正爱读书的人，必定嗜书如命，不仅爱护书，更珍惜读书所带来的快乐，视其为人生一大乐事。随着阅读范围越来越广，藏书必然也越来越多，久而久之，不自觉地成为一个藏书家，并非有意而为之。反之，刻意为藏书而藏书的人，看似坐拥书城，实则胸无点墨，藏书不过是为了装点门面、附庸风雅，如此则不仅侮辱了书，更侮辱了"藏书"二字。

　　藏书是为了读书，而读书的目的和境界各有不同。读书有越读越厚之说，盖因每一书，未必皆能尽知其义，非考之他书而不能通也；读书又有越读越薄之说，盖读书而不能炼其意，虽破万卷，到底是囫囵吞枣，不能为己所用也。少年读书，多半是为了求功名、逐富贵，以为进身之道；壮年读书，或为俗世纷扰中求一丝安谧，或欲在书中求一解围济困之术。一言以蔽之，读书仍不脱功利。老年读书，大抵为回归本心，放飞真我，以古人之书而证今日之世，若合符节，或欣然一笑，或黯然而泣，皆物我两忘，唯关乎风月，而无涉于得失。

　　万卷楼主人朱钦则就是一位真正的读书人。他尚在壮年，方为世显用，却澹然无财利声色之奉，而专注于藏书、读书。藏书、读书尚不以为足，又为书筑一藏书楼。万卷楼所建之处，"南则道人三峰，北则石鼓山，东南则白渚山，烟风云岫，洲渚林簿，更相映发，朝莫万态"，而朱钦则不以登览之胜名之，而独以藏书见志。不唯如此，朱钦则在筑藏书楼的同时，还修筑了一座"心远堂"，堂名取自陶渊明的诗"结庐在人境，而无车马喧。问君何能尔，心远地自偏"，亦请放翁为之记。这一楼一堂，足以显其平生之志趣与抱负。

跋程正伯①所藏山谷②帖

　　此卷不应携在长安逆旅中，亦非贵人席帽金络马传呼③入省时所观。程子他日幅巾筇杖，渡青衣江④，相羊⑤唤鱼潭、瑞草桥⑥清泉翠樾之间，与山中人共小巢⑦龙鹤菜⑧饭，扫石置风炉，煮蒙顶紫茁⑨，然后出此卷共读，乃称尔。

【注释】

　　①程正伯：即程垓，字正伯，号书舟，北宋眉州眉山（今属四川）人，乃苏轼中表程之才（字正辅）之孙。

　　②山谷：即黄庭坚，字鲁直，号山谷道人，北宋著名文学家、书法家。

　　③传呼：古代贵人或大官出行时，有侍卫高呼闲人回避的一种威仪。

　　④青衣江：发源于邛崃山脉巴朗山与夹金山之间的蜀西营，流经宝兴，在飞仙关处与天全河、荥经河汇合后，始称青衣江，经雅安、洪雅、夹江，于乐山草鞋渡

汇入大渡河。

⑤相羊：徘徊，盘桓。《楚辞·离骚》："折若木以拂日兮，聊逍遥以相羊。"

⑥唤鱼潭、瑞草桥：皆为青衣江边之名胜。

⑦小巢：也称巢菜、元修菜，就是野豌豆，因宋巢元修所嗜好而得名。陆游《剑南诗稿》卷十六《巢菜》诗序云："蜀蔬有两巢：大巢，豌豆之不实者；小巢，生稻畦中，东坡所赋之元修菜是也。"

⑧龙鹤菜：四川民间常用来做羹食的一种野菜。陆游在《题龙鹤菜帖》一诗的题注中说："东坡先生元祐中与其里人史彦明主簿书云：'新春龙鹤菜羹有味，举箸想复见忆耶！'"

⑨蒙顶紫茁：四川的蒙顶茶。产于今四川雅安蒙顶山，以香气芳烈著名。紫茁，茶叶紫色的嫩芽。

【赏读】

程垓为苏轼中表程之才的孙子，与苏轼是表亲，与黄庭坚交好，家中藏有黄庭坚的书法帖。程垓到临安时，将此帖随身携带，陆游为其题跋。陆游认为追逐功名富贵的人无法领略山谷帖的神韵，而只有在林下泉边，食野菜，品清茶，才与此帖相称。陆游可谓山谷知音。

陈仁锡《古文奇赏》批点："清丽。"刘士镛《古今文致》评曰："几数十言。只两句耳，可为急流之局。"

　　程垓也向杨万里展示过家藏的黄庭坚书法帖，杨万里为之作诗《题眉山程俈（垓）所藏山谷写杜诗帖》：

　　　　杜家碧山银鱼诗，黄家虎卧龙跳字。

　　　　六丁难取真寄愁，程家十袭今三世。

　　　　程家苏家元舅甥，子瞻正辅外弟兄。

　　　　正辅有孙文百链，笔倒三江胸万卷。

　　　　公车献策五十篇，玉札国体航化源。

　　　　远谋小扣囊底智，环词未出海内传。

　　　　三年抱璞咸阳市，子虚无因达天帝。

　　　　如今却买巴峡船，峨眉山月秋正圆。

　　　　丈夫身健恐不免，即召枚皋未渠晚。

　　"杜家碧山银鱼诗"指出了这幅书法的内容，是黄庭坚抄写杜甫的一首诗，"黄家虎卧龙跳字"是对黄庭坚高超笔力的赞美。此诗后几句交代了程家与苏家的关系、程垓的家世出身、个人才华及生平遭际等情况，可与本文对照。

笔墨纸砚

研[①]每遇磨墨用毕，即以盖覆之。或谓北方多尘，故须覆，此说殊不然。墨不覆则易干，干必屡磨，故墨滞而损笔。又研不免近窗，故昔人用研屏以障日气，畏速干也。

笔用讫亦当涤之，常置一小器水于研旁，加榻[②]。贵笔常润，又仓卒便可使；亦自省笔，不可不知。

研水必日一换，仍用清泉。尘多处，密覆乃佳。

漆研匣、茶奁之属，勿以冷水洗。水能败漆，当戒。

畜笔用川椒浓煎汤，以少许拌腻粉，如薄糊，蘸笔锋。

藏墨用绵包置奁中，时一出暴。

凡纸必作筒收，每筒不过二十五幅。入箱中，卓头太高者，先裁令适宜，使动者置面上，则不压扁。

……

笔墨碑画匣，皆以梓木为之。匣深其榫，匣内切勿用漆，能致蒸湿。梅月仍以厚纸锢䏱③乃佳。

【注释】

①研：同"砚"，砚台。

②加楀：加笔套。楀，即笔套。

③锢䏱（xià）：即弥补缝隙。䏱，缝隙，裂缝。

【赏读】

《斋居纪事》是放翁所作的闲居文字，创作时间不详。现存内容主要涉及三部分：一是有关笔墨纸砚，二是有关晒书及照书灯烛，三是有关饮食养生。本书据此节选部分篇目分为三篇，并代拟标题，分别为《笔墨纸砚》《暴书及照书灯烛》《饮食养生》。

《斋居纪事》原为书法帖，为明人袁褧发现，抄录在他的《嘉艺录》里，后来又由毛扆从《嘉艺录》里检出。原帖多有涂抹，且有缺字，因此，袁褧、毛扆二人所抄检者，是否为放翁所作《斋居纪事》之全文，尚无法断定，然观其所存者，已可知放翁闲笔之妙也。

放翁善书法，但因其诗名太盛，书名遂被诗名所掩盖。因此，在我们的印象里，好像放翁就只是一位诗人，事实并非如此。放翁的书法也是颇为出色的，且看袁褧如何说：

　　宋人书以李西台、蔡端明为第一。至苏内翰、黄太史、米南宫，超轶奔放，姿态横生，尤为卓绝。南渡后，惟石湖、放翁，犹有前辈笔意。下是，无足观矣。放翁家会稽，遗墨多流落人间，此帖宜为僧石溪所宝，宇文公谅谨题……余近得于洞庭陆氏，陆氏得于会稽鬻古书者。

　　在袁褧看来，放翁的书法可列于李建中、蔡襄、苏轼、黄庭坚、米芾等北宋大家之后，与范成大并列为南宋第一。评价不可谓不高，因此，袁褧才会把这幅字帖手录在《嘉艺录》里。《嘉艺录》，顾名思义，就是袁氏手录其家藏及所见书法名画之题识。

　　本篇所选的就是《斋居纪事》中有关笔墨纸砚的闲笔。放翁是个读书人，但他又不是个普通的读书人。他极善书法，自然对笔墨纸张极为讲究。我们看了他的记述，就会感叹，如果不是对书法有如此心得的人，是绝对写不出来的。

暴书及照书灯烛

　　每年芒种①以前，乘好日色，设床②暴③书。令极燥，入厨簏④。厚皮纸幂⑤罅，勿通风，过小暑⑥乃开，仍去幂。

　　……

　　照书烛必令粗而短，勿过一尺。粗则耐，短则近。书灯勿用铜盏，惟瓷盎最省油。蜀有夹瓷盏，注水于盏唇窍中，可省油之半。灯檠⑦法，高七寸，盘阔六寸，受盏圈径二寸半，择与圈称者。

【注释】

　　①芒种：农历二十四节气中的第九个节气，也是夏季的第三个节气。

　　②床：这里是坐卧两用的器具，而非今意仅用于睡觉的床。

　　③暴（pù）：同"曝"，晒。

　　④厨簏（lù）：书柜和书箱。

⑤幂：覆盖。

⑥小暑：农历二十四节气中的第十一个节气，也是夏季的第五个节气。

⑦檠（qíng）：灯架，烛台。

【赏读】

放翁是读书人，读书人往往嗜书如命，书不仅是他们的精神食粮，同时也是他们的物质财产。因此，他们对藏书的保护，往往都有一套自己的独特方法。

古人有晒书的习惯，但晒书不是任何一个晴天都可以随便晒的。放翁告诉我们，应该在芒种以前，乘着好日色，把书拿出来晒。书不是随意地扔在地上晒，而是先要摆一个"床"，也就是一种坐卧两用的家具，把书放在上面晒。晒到极为干燥的程度，然后方可放入书柜、书箱。还要用厚皮纸把书柜、书箱的缝隙密封好，勿使通风。等到小暑过后，也就是说，至少一个月以后才能把密封的厚皮纸去掉，把书柜、书箱再打开。这才是晒书的正确方法。

古代没有电灯，晚上看书需要蜡烛或油灯。这蜡烛或油灯也是极为讲究的。如果是蜡烛，最好是粗而且短的，不要超过一尺。因为粗则耐燃，短则近光。如果是油灯，则不要用铜盏，而应该用瓷盏，因为这样最省油。

而瓷盏中又数蜀地的夹瓷盏最为省油，几乎可以省一半。灯架或烛台，应该选择高七寸、盘阔六寸的，而灯盏圈直径当在二寸半。

看完这些，作为现代人的我们，几乎惊叹了。我们离放翁的时代太远，现在既没有多少人会去晒书，也几乎没有用蜡烛或油灯看书的人。因此，在我们感到陌生的同时，也惊叹于古人的细致入微。

饮食养生

碢[①]草茶法。必先涤濯，令无旧茶气。风日中曝极燥，择去茶子、小黄叶、枝梗，以疏布巾裹建茶一只，盛茶，手撼顿之，尽筬[②]去白毛。更略见火，乃入碢。少下而急转，如雪花麸片，乃佳。仍用始沸汤点汤，老则味涩。

茶须旋碢，止可三五日用。过此，香味皆损。茶遇梅月，须朝暮以慢火焙之，常时亦须三两日一焙，但切忌炽火及有烟火。又忌与香药同贮，皆当躬自屡省，勿委斋仆。

梭鱼。二月以前，取在肤中成块段者，去枝，秪汤煮令熟。下燂[③]香葱蕳油并椒，然后以酢水相半煮沸，微加盐酱。棕榈树皮中子。

……

乌豆粥。用新好大乌豆一斤，炭火爩一日，当糜烂。可作三升米粥。至极熟，下豆，入糖一斤和匀。又入细生姜棋子四两。一法，爩豆熟后，以熬熟麻油浸之豆上。油深寸半，密覆之。文武火礧。候露出豆，即以匙伴转，更礧令泣，尽油方止。每礧成粥一釜，可下豆三四碗，搅匀入糖如前，不用姜棋子。

地黄粥。用地黄二合，候汤沸与米同下。别用酥二合，蜜一合，炒令香熟，贮器中，候粥欲熟乃下。

枸杞粥。用红熟枸杞子，生细研，净布揽④汁。每粥一碗，用汁一盏。加少炼熟蜜乃礧。

紫馎饦⑤。用新乌豆礧浓汁，溲面⑥作汤饼。借笋摄汁，芼⑦以莼菜。至佳。

苦笋冷淘。用慢火煨苦笋，候熟，细裂之，以姜油醯⑧酱拌和匀，作冷淘。此蜀名士刘夷叔望之法也。

朝晡食粥饭汤饼之属，皆当令腹中有余地。鱼肉仅仅可以下饭按酒则已，多尤为害。若偶食一物多，则当减一物以乘除之。如汤饼多，则减饭；饭稍多，则减肉。要不过此数。食罢，行五七十步，然后解襟褫带，低枕少卧。此养生最急事也。

【注释】

①砣（wèi）：磨，使物粉碎。

②筛（shāi）：同"筛"。

③煼（chǎo）：同"炒"。

④揽：扭转，这里指拧布。

⑤馎饦（bó tuō）：汤饼的别名。古代一种水煮的面食。

⑥溲面：以水和面。

⑦芼（mào）：调配。这里指佐以莼菜。

⑧醯（xī）：醋。

【赏读】

放翁是中国文学史上罕见的寿星，除了他很懂得用各家思想慰藉心灵创伤以外，他更懂得饮食的养生之道。他不只是一个"吃货"，关键是他懂得怎么吃才又好吃又健康。吃之前怎么样，吃完之后要怎么样，他在这里给我们说得清清楚楚。

美食，人人都爱，但真正会做美食的恐怕就不多了。现在看到放翁先生的这份美食清单，不禁食指大动。尤其是最后一则，放翁先生讲述了正确的饮食方法，就是千万不可过量。饭后还应该走五七十步，然后松解衣带，在一个低一点的枕头上少卧。放翁认为，这是养生最要紧的事。我们不知道他说的这"五七十步"究竟是什么道理？但我们知道，放翁就是坚持这样的养生习惯一直活到了八十五岁的高龄。有时候，你不服是不行的。

京师贵戚香满尘①

京师承平②时，宗室戚里③岁时入禁中④。妇女上犊车⑤，皆用二小鬟持香球⑥在旁，而袖中又自持两小香球。车驰过，香烟如云，数里不绝，尘土皆香。

【注释】

①《老学庵笔记》每则原无标题，此标题为笔者自拟，下同。

②承平：太平。

③宗室戚里：泛指皇亲国戚。宗室，即皇族。戚里，指帝王的母族、妻族等外戚居住的地方，借指外戚。

④禁中：指帝王所居宫内，也作"禁内"。

⑤犊车：牛车。

⑥香球：金属制的镂空圆球。内安一能转动的金属碗，无论球体如何转动，碗口均向上，焚香于碗中，香烟由镂空处溢出。

【赏读】

本文及以下诸篇均选自《老学庵笔记》，题目为笔者所加。笔记，是中国古代一种极具特色的文体，篇幅一般较短，但内容则包罗万象，凡是小故事、小见闻、小感想等，都可以诉诸笔端。正是由于笔记的形式灵活多变、内容丰富多样，而深受历代读者的喜爱。

古代笔记体名著颇不少，仅就宋代而言，就有大量笔记传世，较为著名的如欧阳修的《归田录》、司马光的《涑水记闻》和《温公琐语》、苏轼的《东坡志林》、沈括的《梦溪笔谈》、王灼的《碧鸡漫志》、曾敏行的《独醒杂志》、孟元老的《东京梦华录》、洪迈的《容斋随笔》等。放翁作为南宋一大家，传世的笔记也不少，除了《老学庵笔记》，还有《避暑漫抄》《放翁家训》《入蜀记》《家世旧闻》《斋居纪事》等。

老学庵，是放翁晚年闲居山阴时的书斋，自谓"取'师旷老而学如秉烛夜行'之语"。由此书命名来看，当作于他晚年闲居之时。《老学庵笔记》是一部很有价值的笔记，记载了大量的遗闻故实、风土民俗、奇人怪物，考辨了许多诗文、典章、舆地、方物，所录或多属本人及亲友见闻，或对所述人事多有议论褒贬，在看似轻松诙谐的笔调中隐藏着极为深刻的思想内涵，是宋人笔记中的佼佼者。

老儒闻人茂德

嘉兴人闻人茂德①，名滋，老儒也。喜留客食，然不过蔬豆而已。郡人求馆客者，多就谋之。又多蓄书，喜借人。自言作门客牙②，充书籍行，开豆腐羹店。予少时与之同在敕局③，为删定官。谈经义滚滚④不倦，发明极多，尤邃于小学⑤云。

【注释】

①闻人茂德：复姓闻人，名滋，字茂德，嘉兴（今属浙江）人。曾与陆游同在敕令所任删定官。

②作门客牙：指当作别人的朋友，陪他们说话。

③敕局：即敕令所。

④滚滚：同"衮衮"，指说话滔滔不绝的样子。

⑤小学：指文字、音韵、训诂等传统语言文字学。

【赏读】

有些人总是抱怨怀才不遇，整天长吁短叹，时光都消磨尽了，一辈子活得不明不白。其实仔细想想，抱怨怀才不遇，首先要确认是否怀才。好多人没注意这一点，就先感叹不遇了。但也有一些人，颇有本事，而名位不显，但他们积极乐观，从不怨天尤人，反而经常与人方便。放翁笔下就有这样一位老先生。

老先生复姓闻人，名滋，字茂德，嘉兴人。他满腹经纶，尤其对文字、音韵、训诂之学，有着极深的研究。但这样一个有水平的人，就只做过敕令所删定官、县丞、县令，陆游就是他在敕令所时的同事。可是呢，闻人老先生从不长吁短叹，早早辞官回家。他回家之后，既不是闭门读书，也不是著书泄愤，只喜欢留宿客人。因此，当地人只要想找个地方借宿一晚，大多都会想到这位老先生。老先生不只是借他一张床睡觉而已，还会请他吃饭，吃的倒不是大鱼大肉，都是普通的蔬菜和豆制品，而且还喜欢借书给别人。有人就问他为何如此。老先生说："我呀，没别的意思，就是把自己当作一个门客，陪他们说说话；把我家作借书屋，让他们看看书；再就当开个豆腐羹店，请他们吃点儿豆腐羹而已。"你看人家活得多通透！多潇洒！

去国二十七年复来[①]

予去国二十七年复来，自周丞相子充[②]一人外，皆无复旧人，虽吏胥[③]亦无矣。惟卖卜洞微山人亡恙，亦不甚老，话旧怆然。西湖小昭庆[④]僧了文，相别时未三十，意其尚存，因被命与奉常[⑤]诸公同检视郊庙坛壝[⑥]，过而访之，亦已下世。弟子出遗像，乃一老僧，使今见其人，亦不复省识矣。可以一叹。

【注释】

①去国二十七年复来：二十七年，指陆游自隆兴元年（1163）五月由枢密院编修官出任镇江通判，至淳熙十五年（1188）冬除军器少监复至临安，前后将近二十七年。国，都城，指临安。

②周丞相子充：即周必大，详见本书《跋〈晁百谷字叙〉》一文的注释⑦。

③吏胥：官署中的低级辅佐人员。

④小昭庆：即小昭庆寺，在今西湖南山路。

⑤奉常：秦时所设官职，乃掌管宗庙礼仪的官员。

⑥坛壝（wěi）：坛场。祭祀之所。设在小昭庆寺附近。坛，土筑的高台。壝，坛周围的矮墙。

【赏读】

隆兴元年（1163）五月，放翁由枢密院编修官出为镇江通判，离开临安，直到淳熙十五年（1188）冬除军器少监，复至临安任职，前后将近二十七年。这二十七年，他从一个三十九岁的中年人，变成了六十四岁的老年人；这二十七年，他走遍了大半个南宋王朝的版图；这二十七年，他由八品混到了从四品下；但这二十七年，从未改变的是他的理想和现实之间的距离。

二十七年后回到同一个地方，除了老朋友周必大外，已经没有一个故人了，哪怕是小办事员，也早已换了一茬又一茬了。大概只有那个卜卦的洞微山人还健在，还不算太显老态，只是说起话来，还是那么凄怆！想来想去，还有什么故人可访呢？对了，西湖边有个小昭庆寺，寺里有个了文和尚，当初年未三十，和放翁颇有来往，现在算来也还不满花甲，放翁以为他尚在人世。有一次趁便到寺里访了文和尚，没想到他也已经不在人世了。等弟子们拿出师父的遗像，放翁吃了一惊，遗像上分明是个老和尚，哪里还是自己二十七年前认识的那个不到三十岁的了文小师父啊，现在就算他还活着，怕也认不出来了。放翁很是伤感，回头还给了文和尚写了一首诗，诗题很长：《小昭庆院讲僧，旧在都下与之相从，今没已久，见画像于院中，作诗吊之》，诗曰：

> 曩岁曾陪夜讲灯，伏犀插脑齿如冰。
>
> 假令重见应难识，遗像朣然一老僧。

苏东坡笑对人生

　　吕周辅①言：东坡先生与黄门公南迁②，相遇于梧、藤③间。道旁有鬻汤饼者，共买食之，粗恶不可食。黄门置箸而叹，东坡已尽之矣。徐谓黄门曰："九三郎，尔尚欲咀嚼耶？"大笑而起。秦少游④闻之，曰："此先生'饮酒但饮湿'而已。"

【注释】

　　①吕周辅：即吕商隐，字周辅，曾任国子监博士、国史院编修官，迁宗正丞。

　　②东坡先生与黄门公南迁：苏轼和苏辙兄弟二人被贬南方。东坡先生，即苏轼。黄门公，即苏辙，曾任门下侍郎。详见"赏读"部分。

　　③梧、藤：今广西梧州、藤县。

　　④秦少游：即秦观，字少游，北宋著名词人。

【赏读】

苏轼、苏辙兄弟，少年英杰，同榜进士，一时传为千古佳话。兄弟二人感情又很好，因出仕后聚少离多，兄弟二人经常互赠诗词，以表达对对方的思念之情，如东坡的名词《水调歌头》，就是中秋之夜想念弟弟苏辙而作的。

兄弟二人互相思念对方，有一次还真的偶然相遇了。苏东坡在宋哲宗绍圣初年，先被贬为宁远军（今广西容县）节度副使，惠州（今广东惠州）安置。他还没想明白怎么回事儿呢，又被贬为琼州（今海南海口）别驾，居昌化（今属海南昌江）。此时，苏辙也在绍圣初年因上疏论事忤怒宋哲宗，被贬知汝州（今河南汝州），后又贬知袁州（今江西宜春）。还没到袁州，又降为朝议大夫、试少府监，分司南京（今河南商丘），筠州（今江西高安）居住。然后，又贬化州（今广东化州）别驾，雷州（今广东雷州）安置。兄弟二人各自走在贬谪的路上，正好在藤州相遇。

兄弟见面，刚好路边有一个卖汤面的小摊儿，二人各买了一碗热汤面。哎呀，这面有多难吃就别提了。小苏哥把筷子一扔，扭头一看，大苏哥竟然已经吃完了，而且还把汤喝了个精光。小苏哥说："哥哥，这种面，您是怎么吞下去的?"大苏哥拍着小苏哥的脑袋,说:"九三郎,你都到这份上了,还想细嚼慢咽、回味无穷啊?"说罢,大笑而起。

　　大苏哥何止是什么面都吃,他还什么酒都喝。早在被贬黄州(今湖北黄冈)的时候,东坡没事儿就会来首诗,其中一首诗是这么说的:"酸酒如齑汤,甜酒如蜜汁。三年黄州城,饮酒但饮湿。"就是你管他酸酒甜酒,好酒坏酒,只要端起来像杯酒,老夫就当酒喝。

　　东坡先生留给后人最大的精神遗产就是:在逆境中一定要积极乐观过日子。就像兄弟二人在藤州野外吃面一样,你只有吃或不吃两种选择。这顿不吃,你还能一天都不吃?身体是自己的,不吃饱,哪有力气心疼自己?

王仲信以书为命

王性之[1]读书，真能五行俱下，往往他人才三四行，性之已尽一纸。后生有投贽[2]者，且观且卷，俄顷即置之。以此人疑其轻薄，遂多谤毁，其实工拙皆能记也。既卒，秦熺[3]方恃其父气焰熏灼，手书移郡，将欲取其所藏书，且许以官其子。长子仲信，名廉清，苦学有守，号泣拒之曰："愿守此书以死，不愿官也。"郡将[4]以祸福诱胁之，皆不听。熺亦不能夺而止。

【注释】

①王性之：即王铚，字性之，自号汝阴老民，世称"雪溪先生"。宋高宗建炎四年（1130），纂集太宗以来兵制为《枢庭备检》。后罢为右承事郎，主管台州崇道观。晚年，遭受秦桧摈斥，避地剡溪山中，日以觞咏自娱。王仲信为其长子。

②投贽：进呈诗文或礼物求见。

③秦熺：字伯阳，本秦桧妻兄之子，秦桧留金时，秦

妻养为后。高宗绍兴十二年（1142）进士，为行秘书郎、秘书少监，累迁知枢密院事。绍兴二十五年（1155），桧卒，熺以少师致仕。绍兴三十一年（1161）卒。

④郡将：宋代朝臣出知外郡，称"知某州事"，统领一州军事，故称。

【赏读】

人生在世，百年一瞬，在这说长不长、说短又不短的生命里，有什么东西值得富贵不能淫、威武不能屈地去守护呢？大概只有自己内心里的那点真爱，抑或是先人留下的珍宝，这珍宝当然不一定就是物质财产。如果能使自己的真爱与先人的遗珍结合起来，那就堪称完美了。王性之和王仲信，就是这样一对令人感佩的奇父子。

王性之读书"能五行俱下"，别人才看三四行，王性之早已看完一页。后生以诗文自荐者，王性之拿来一看，基本上秒看秒卷，扫一眼就过去了，然后就放在一边。后生就觉得老王轻薄，看不起人，于是回头就给他造谣，诽谤他。

他的儿子王仲信，不仅自己很爱读书，同时也很珍惜父亲所留下的藏书。权相秦桧的养子秦熺，人称"小相"，仗着秦桧的权势，胡作非为，听说老王家藏书颇富，就写信给当地的地方官，命地方官用官职作为诱饵，让王仲信把藏书交出来。王仲信严词拒绝："我不愿做官，我只想守着这些书终老到死！"无论地方官如何威逼利诱，王仲信就是死守不放。秦小相爷也拿他没办法，只得不了了之。

僧法一掷钗谏友

　　僧法一①、宗杲②，自东都避乱③渡江，各携一笠。杲笠中有黄金钗，每自检视。一伺知之。杲起奏厕④，一亟探钗掷江中。杲还，亡⑤钗，不敢言而色变。一叱之曰："与汝共学了生死大事⑥，乃眷眷此物耶！我适已为汝投之江流矣。"杲展坐具⑦作礼而行。

【注释】

　　①法一：字贯道，号雪巢，俗姓李，开封人。曾住持泉州延福寺，晚归天台万年观音院。

　　②宗杲：即杲禅师，详见本书《跋杲禅师〈蒙泉铭〉》注释①。

　　③东都避乱：这里是说二人因北宋之亡而南渡避难。东都，指北宋都城开封。

　　④奏厕：即如厕，上厕所。

　　⑤亡：同"无"，即不见了黄金钗。

　　⑥共学了生死大事：指二人同学佛法。

⑦坐具：佛教语。僧人用来护衣、护身、护床席卧具的布巾。

【赏读】

友谊，是中外文学共同的主题，我们在浩如烟海的典籍里，可以读到不少表现友谊的作品。放翁的这则小故事，又颇具特色。不仅体现在他所展现的是两个僧人的友谊，而且其交往方式也颇耐人寻味。

法一、宗杲都是僧人，金灭北宋时，二人避乱渡江，各带一个斗笠。宗杲的斗笠里藏着一个黄金钗，他经常会偷偷看一眼，生怕丢了。有一次趁着宗杲上厕所，法一就把黄金钗扔到了江里。等宗杲回来一看，黄金钗不见了，吓得脸色都变了，但却不敢吱声。法一大声叱责他，说："我们学的是佛法，佛法连生死大事都可以了结，你怎么能眷眷于一个钗子？不用找了，我已经把它扔到江里去了。"这时候，故事情节发展到了最高潮，两人的关系也仿佛到了一个岔口，很可能出现两种完全不同的结果。令人欣慰的是宗杲并未怪罪法一，而是展开坐具郑重向法一行礼道谢。放翁为法一的勇于规劝和宗杲的勇于服劝所感动，他在这篇笔记之外，又另作《书浮屠事》一文，专门以法一、宗杲二人的故事来论诤友的重要性。

黄鲁直平生快事

范寥①言：鲁直②至宜州③，州无亭驿，又无民居可僦④，止一僧舍可寓，而适为崇宁万寿寺⑤，法所不许，乃居一城楼上，亦极湫隘，秋暑方炽，几不可过。一日忽小雨，鲁直饮薄醉，坐胡床，自栏楯间伸足出外以受雨，顾谓寥曰："信中，吾平生无此快也。"未几而卒。

【注释】

①范寥：字信中，本蜀人，居丹阳（今属江苏）。纵酒杀人，遂亡命。后依知越州翟思。黄庭坚谪居宜州，范寥往从游。黄氏卒后，范寥又为其处理后事。以告张怀素谋变有功，授供备库副使，累迁颍昌府兵马钤辖。

②鲁直：即黄庭坚，字鲁直，号山谷道人，晚号涪翁，洪州分宁（今江西修水）人，北宋著名文学家、书法家，为江西诗派开山之祖。与张耒、晁补之、秦观游学于苏轼门下，合称为"苏门四学士"。诗作、书法与苏

轼齐名，世称"苏黄"，书法亦能独树一格，为"宋四家"之一。

③宜州：今广西河池。

④僦（jiù）：租赁。

⑤崇宁万寿寺：崇宁二年（1103）九月，宋徽宗下诏，天下皆建崇宁寺。以宋徽宗诞辰十月初十为天宁节。

【赏读】

黄庭坚是被贬才来到宜州的，在宜州的日子过得很清苦，一度到了卖字为生的程度。但在宜州的黄庭坚同时又感受到了人间的温暖，不仅宜州当地人尊崇、关照他，好友范寥还特地从福建赶过来陪他。

放翁在这则笔记里描写黄庭坚在宜州生活的一个小片段。黄庭坚在宜州时，没有馆驿，没有民居，只有一个寺院，但这个寺院又是宋徽宗敕建的崇宁寺，不能借住，最后只好找了个城楼容身，很是低洼狭小。当时天气正热，加之宜州的瘴热之气，其环境之恶劣可想而知。有一天，忽然下起了小雨，黄庭坚正好有些微醉，看到下雨了，就搬了个小椅子坐在城门口栏杆边上，把脚伸到雨里，笑着对范寥说："信中，我平生从未有此快活也。"

黄庭坚不愧是苏东坡的得意门生，东坡在逆境中的乐观豁达，在他身上得到了很好的传承。

有米何须巧妇

晏景初①尚书请僧住院，僧辞以穷陋不可为。景初曰："高才固易耳。"僧曰："巧妇安能作无面汤饼乎?"景初曰："有面则拙妇亦办矣。"僧惭而退。

【注释】

①晏景初：即晏敦复，字景初，抚州临川（今江西抚州临川区）人。南宋诗人、大臣，宰相晏殊曾孙、词人晏几道侄孙。曾官至吏部尚书。

【赏读】

读书有很多乐趣，有些是读书之前就预设好的可能的乐趣，有些却是完全意外收获的乐趣。这种乐趣纯天然，毫无功利，却可以让人会心一笑，甚至开怀大笑。这种乐趣往往是幽默和智慧完美的结合，让读者在笑声中不知不觉地增长了见识、锻炼了人格。

放翁妙笔生花、妙语连珠，即便是寻常事，在放翁笔下也能熠熠生辉。比如，这个小故事，就两个人物，往来对答数句，但成就了"巧妇难为无米之炊"这样经典的成语，当真是言有尽而意无穷。

晁之道恨无著文章处

　　吕吉甫①在北都②，甚爱晁之道③。之道方以元符④上书谪官，吉甫不敢荐，谓曰："君才如此，乃自陷罪籍⑤，可惜也。"之道对曰："咏之无他，但没著文章处耳。"其恃气不挠⑥如此。

【注释】

　　①吕吉甫：即吕惠卿，字吉甫，号恩祖，泉州晋江（今属福建）人，北宋政治改革家。历任翰林学士、知军器监、参知政事、知太原府等职。

　　②北都：指北宋时的北京。北宋设立东南西北四京：东京开封府（今河南开封）、南京应天府（今河南商丘）、西京河南府（今河南洛阳）、北京大名府（今河北大名）。吕惠卿于宋哲宗绍圣元年（1094）十月知大名府，故称。

　　③晁之道：即晁咏之，字之道，济州巨野（今属山东）人，晁补之从弟。以荫入官，调扬州司法参军，未

上。时苏轼守扬州，补之悴州事，以其诗文献苏轼，苏轼叹为奇才。复举进士，又举博学鸿词科，为河中教授。元符末，应诏上书论事，罢官。后为京兆府司录事。秩满，提点崇福宫，卒。著有文集五十卷。

④元符（1098~1100）：宋哲宗赵煦年号。

⑤罪籍：指罪犯的名册。

⑥不挠：比喻不屈服，十分顽强。

【赏读】

读书读到一定程度，就容易变狂；变狂之后，就容易看不起人；看不起人之后，就容易自我神化、与世隔绝；但在他人看来，这个人变傻了，于是有了"书呆子"这样的绰号。如果不耽误生活和工作，我觉得当个书呆子也不是不行。

当然，书呆子也是分种类和档次的。有的书呆子境界特别高，无论世事如何变幻无穷，命运如何波澜起伏，他都可以坦然面对。有人为他的才学不为所用而感到可惜，或又因政治原因而不敢举荐。但他自己无所谓，当不当官有什么关系，他所担心的只是没有可以写文章的地方而已。换言之，只要还可以写文章，就什么都不怕。

这是一种怎样的自信？这种自信从何而来？多少人因为心中没有寄托而整天无所事事，稍微遇到一点挫折和失败就不敢抬头？大概就是我们经历得太少，才会觉得鸡毛蒜皮都是烦恼。只要心中有寄托，就有做不完的事，怎么会有时间去害怕、去顾虑、去郁郁寡欢？

唐仲俊老而不衰

从舅唐仲俊^①，年八十五六，极康宁。自言少时因读《千字文》^②有所悟，谓"心动神疲"四字也，平生遇事未尝动心，故老而不衰。

【注释】

①唐仲俊：陆游母亲唐氏的从兄弟，也是陆游妻唐婉的父亲，即陆游的岳父。

②《千字文》：由南北朝时期周兴嗣编纂，由一千个汉字组成的韵文，是中国古代影响很大的儿童启蒙读物。

【赏读】

放翁先生的岳父唐仲俊，活到八十五六岁，仍然极为康宁。他长寿的秘诀，在于"平生遇事未尝动心"。他不轻易动心，是因为少年时读《千字文》有所悟，知道"心动神疲"的道理。心动，则神疲；神疲，则易老。放翁先生大概从中也悟出一些道理，自己也成了一个寿星。

长夜之饮

　　古所谓长夜之饮，或以为达旦，非也。薛许昌[①]《宫词》云："画烛烧阑暖复迷，殿帷深密下银泥。开门欲作侵晨[②]散，已是明朝日向西。"此所谓长夜之饮也。

【注释】

　　①薛许昌：即薛能（约 817~880），字大拙，汾州（今山西汾阳）人，晚唐著名诗人。仕宦显达，官至工部尚书。唐代诗僧无可称其："诗古赋纵横，令人畏后生。"主要作品有《薛能诗集》十卷，《繁城集》一卷。

　　②侵晨：黎明，早晨初现光亮。

【赏读】

　　读笔记，最有意思的就是好玩的段子和那些让你懂得学海无涯的冷知识。比如这则笔记，就告诉我们"长夜之饮"到底应该喝到什么时候为止？如果用常规思维，大都会认为喝到天亮就算完，其实不是这样的。放翁引用唐人薛能的诗，证明"长夜之饮"是从第一天晚上喝到了第二天傍晚，喝了几乎一天一夜。

诗谶盖有之

　　李后主①《落花》诗云："莺狂应有限，蝶舞已无多。"未几亡国。宋子京②亦有《落花》诗云："香随蜂蜜尽，红入燕泥干。"亦不久下世。诗谶盖有之矣。

【注释】

　　①李后主：即南唐后主李煜（937～978），字重光，精书法、工绘画、通音律，诗文均有一定造诣，尤以词的成就最高。其亡国后词作更是题材广阔，含意深沉，在晚唐五代词中别树一帜，对后世词坛影响深远。

　　②宋子京：即宋祁（998～1061），字子京，北宋著名文学家、史学家、词人。宋祁与兄长宋庠并有文名，时称"二宋"。诗词语言工丽，因《玉楼春》词中有"红杏枝头春意闹"句，世称"红杏尚书"。

【赏读】

　　所谓"诗谶"，就是作诗无意中预言了日后的事，而且多与诗人的生死有关。这里举了李煜和宋祁的同题诗《落花》，最后不是很快就亡国，就是很快亡身，就像落花一样。说到落花，不妨再举一个与花有关的诗谶。唐代诗人刘希夷写完名句"年年岁岁花相似，岁岁年年人不同"后，不久就被人所杀，也是因诗成谶。此事最早见于中唐刘肃所著《大唐新语》：

> 刘希夷，一名挺之，汝州人。少有文华，好为宫体，词旨悲苦，不为所重。善抚琵琶。尝为《白头翁咏》曰："今年花落颜色改，明年花开复谁在？"既而自悔曰："我此诗似谶，与石崇'白首同所归'何异也？"乃更作一句云："年年岁岁花相似，岁岁年年人不同。"既而叹曰："此句复似向谶矣，然死生有命，岂复由此！"乃两存之。诗成未周岁，为奸所杀。或云宋之问害之。

此事引发了后人许多想象，有人给《大唐新语》补上了这些内容。比如北宋王谠就在所著《唐语林》中对宋之问为何及如何杀害刘希夷作了解释：

> 刘希夷诗曰："年年岁岁花相似，岁岁年年人不同。"其舅即宋之问也，苦爱此两句，知其未示人，恳乞此两句，许而不与。之问怒，以土囊压杀之。

刘希夷作诗时自己觉得像谶语，此事已奇；因作诗而丧命，则更奇；因抢诗而丧命于自己的舅舅之手，则堪称前无古人、后无来者了。

　　综览书海，这样的诗谶还可以举出很多，信与不信，全在个人。但因为有了这样奇异的故事，使得书海变得更为迷人。

思鲈亭

范致能①在成都②，尝求亭名于予，予曰："思鲈。③"至能大以为佳，时方作墨，即以铭墨背。然不果筑亭也。

【注释】

①范致能：即范成大（1126~1193），字致能，一作至能，晚号石湖居士，平江府吴县（今江苏苏州）人。南宋名臣、文学家、诗人，与陆游相厚。

②在成都：当时范成大、陆游二人都在成都任职，范成大任四川制置使、知成都府，而陆游任四川制置使司参议官。

③思鲈：出自刘义庆《世说新语·识鉴》："张季鹰辟齐王东曹掾，在洛，见秋风起，因思吴中菰菜羹、鲈鱼脍，曰：'人生贵得适意尔，何能羁宦数千里以要名爵？'遂命驾便归。"后因以"鲈鱼脍"为思乡赋归之典。

【赏读】

有些友情之所以任凭时光流转而能长存于彼此心间，是因为彼此懂对方，心有灵犀，有时候甚至不需要说话，一个眼神就足以会心。范成大和陆游就是这样的一对好朋友。

尽管同在成都时的他们，一个是上司，一个是下属，地位相差悬殊，但二人仍然以心相交。范成大打算筑一个亭子，请陆游为他取亭名。因为他知道，陆游不仅有能力取名，而且还能取出一个让人心满意足的亭名。果然，陆游取亭名曰"思鲈"，范成大"大以为佳"。至于亭子最终是否筑成，已无关紧要了。

思鲈何意？思鲈者，思念鲈鱼也。范成大是吴人，而鲈鱼则是吴地名肴，从西晋张翰开始，"菰菜羹、鲈鱼脍"，就成了思念家乡的代名词。因此，思鲈者，即思吴也，即思故乡也。

鲈鱼作为吴地名肴，史不绝书，诗不绝咏，如大诗人李白就有名句："此行不为鲈鱼鲙，自爱名山入剡中。"剡中，即今浙江嵊州，在李白眼里，能与剡中美景相提并论的，只有鲈鱼鲙。

笔者早就听说鲈鱼之美，却始终未能亲尝其味，颇以为憾事。及至负笈金陵，方得一解嘴馋。有挚友范子，三年不得见，一日过金陵，则相与煮古越老酒，兼品松江鲈鱼，高谈阔论，此乐何及？别后，范子又数过金陵，然皆匆匆一面，颇思有朝一日，与范子再煮酒品鲈。此亦"思鲈"也，一笑。

苏东坡为赵令畤改字

　　东坡《赠赵德麟[①]秋阳赋》云："生于不土之里，而咏无言之诗。[②]"盖寓"畤"字也。

【注释】

　　①赵德麟：即赵令畤（1064～1134），初字景贶，苏轼为之改字德麟，自号聊复翁，宋太祖次子燕王赵德昭玄孙。元祐中签书颍州（今安徽阜阳）公事，时苏轼为知州，荐其才于朝。后坐元祐党籍，被废十年。南渡后，袭封安定郡王，卒，赠开府仪同三司。著有《侯鲭录》八卷。

　　②"生于"二句：这两句话巧妙地寓"畤"字在内。"里"无"土"，"田"也；"诗"无"言"，寺也。左"田"右"寺"，"畤"也。

【赏读】

　　苏东坡比赵令畤年长，算是他的长辈，但二人相交深厚，堪称忘年交。东坡很是看重这位晚辈，不仅为他改字，为他写了《赠赵德麟秋阳赋》《洞庭春色赋》《赵德麟字说》，更是多次向朝廷举荐赵氏，作有《荐宗室令时状》《再荐宗室赵令时札子》《再荐赵令时状》等。东坡在上述文章中，对赵令时的人品、学识、才能等各方面都作了充分的描述，表现出极为赞赏的态度。那么，我们不禁要问，赵令时究竟何许人也？他为什么能受到一代文豪苏东坡如此青睐？

赵令时不是旁人，是正儿八经的赵宋宗室。他是宋太祖次子燕王赵德昭的玄孙，但是，这种特殊的身份并没有给赵令时带来什么实惠。原因有二：第一，赵令时虽系宗室，但他是宋太祖之后，而北宋大统自宋太宗开始，都是太宗一系，因此，赵令时在宗室里算是较为疏远的，特别是和宋太宗一系相比；第二，北宋开国以来，特别重视从庶族中选拔人才，这种制度对宗室、贵戚相对而言是不利的，直到宋神宗改革科制，宗室才有了较大的发展空间。这在苏东坡所作的《赵德麟字说》的开头部分说得很清楚：

> 宋有天下百余年，所与分天工治民事者，皆取之疏远侧微，而不私其亲，故宗室之贤，未有以勋名闻者。神宗皇帝实始慨然，欲出其英才与天下共之，增立教养选举之法，所以封植而琢磨之者甚备。

　　行之二十年，而文武之器，彬彬稍见焉。

　　因此，赵令畤作为众多宗室中的一员，在遇到苏东坡之前，未显现出任何过人之处。

　　怀才的赵令畤，终于遇到了他生命的贵人、恩人——苏东坡。他们是在颍州相遇的，当时东坡知颍州事，而赵氏签书颍州公事，二人既是同事，又是忘年交，亦师亦友。东坡对这位青年才俊颇有好感：

> 　　元祐六年，予自禁林出守汝南，始与越王之孙、华原公之子签书君令畤游。得其为人，博学而文，笃行而刚，信于为道，而敏于为政。予以为有杞梓之用，瑚琏之贵，将必显闻于天下，非特佳公子而已。

　　取字，是古代成人礼的组成部分，同时也是古代姓名文化的重要内容。名和字的关系往往有三种：一是意义相同或相近，如诸葛亮字孔明；二是意义相反，如韩愈字退之；三是意义相关，如赵云字子龙。赵令畤本字景贶，二者属于意义相关。何以言之？畤者，古代祭祀天地、五帝之所也；贶者，赐、赠也。在汉文化中，祭祀当然是为了神灵有所赐、自己有所得。这样的名、字搭配，在字义上还是比较贴切的，但并不是最理想的。苏东坡就给赵令畤另取一字：德麟。他说：

> 　　昔汉武帝幸雍祠五畤，获白麟以荐上帝，作《白麟之歌》，而司马迁、班固书曰"获一角兽，盖

麟云"。"盖"之为言疑之也。夫兽而一角，固麟矣，二子何疑焉？岂求之武帝而未见所以致麟者欤？汉有一汲黯，而武帝不能用，乃以白麟赤雁为祥，二子非疑之，盖陋之也。今先帝立法以出宗室之贤，而主上虚己尽下，求人如不及，四方之符瑞皆抑而不闻，此真获麟者也。麟固不求获，不幸而有是德与是形，此麟之所病也。今君学道观妙，淡泊自守，以富贵为浮云，而文章议论，载其令名而驰之，既有麟之病矣，又可得逃乎。敬字君德麟，而为之说。

"获麟"是孔子《春秋》绝笔的著名典故，从那时起，"麟"就成为祥瑞和德才的象征。苏东坡不仅把"畤"作为祭祀场所与祭祀时所获的"麟"相结合，而且与宋神宗改革科制将获赵令畤这样的宗室之"麟"相联系，而同时又指出麟固不求获，因其病在有德，而赵令畤正有此"病"，于是，将"赵、德、麟"三字完美地组合在了一起。

肃王使人骇服

肃王[①]与沈元用[②]同使虏，馆于燕山悯忠寺[③]。暇日无聊，同行寺中，偶有唐人碑，词皆偶俪[④]，凡二千余言。元用素强记，即朗诵一再。肃王不视，且听且行，若不经意。元用归，欲矜其敏，取纸追书之。不能记者阙之，凡阙十四字。书毕，肃王视之，即举笔尽补其所阙，无遗者，又改元用谬误四五处，置笔他语，略无矜色。元用骇服[⑤]。

【注释】

①肃王：即赵枢（1103～1130），宋徽宗第五子，初封吴国公，后进建安郡王、肃王，历节度六镇。靖康元年（1126），金人围北宋都城汴梁，要以宋徽宗子弟为人质，且求割两河地。于是遣宰臣张邦昌从枢使斡离不军，为金人所留，约俟割地毕遣还，而挟以北去。卒于北地，有女玉嫱，后为金熙宗妃。

②沈元用：即沈晦（1084～1149），字元用，号胥

山，钱塘（今浙江杭州）人。宋徽宗宣和六年（1124）甲辰科状元。除校书郎，迁著作佐郎。金人陷汴京，从肃王赵枢出质金军。宋高宗建炎元年（1127）南归，拜给事中。进徽献阁直学士，除知衢州（今属浙江），改潭州（今湖南长沙），提举太平兴国官。

③悯忠寺：即法源寺，北京名刹，始建于唐太宗贞观年间。

④偶俪：对偶，骈俪。

⑤骇服：又惊讶又佩服。

【赏读】

要写斗才，往往就要写双方如何拉开架势，如何剑拔弩张，如何先发制人，但您见过似斗非斗、以不斗胜斗的斗才吗？放翁笔下就有这样一种与众不同的斗才。沈元用和肃王二人都没说要斗才，因为沈元用根本就没觉得是在斗才，他是在炫才，他根本就不知道肃王有什么样的才；而肃王也没存心斗才，他只不过提笔给沈元用补了几个字，就高下立判了。

沈元用自矜有自矜的道理，因为他确实称得起过目不忘，三千余字的碑文，他看过几眼就能默写下来，且只漏了十四个字，这样的记忆力不可谓不惊人。我们虽然不在现场，但仍不难想象出沈元用默写完毕把笔一放时的神态，他是在等肃王为他点赞。而肃王在沈元用边看边背的时候，根本就没看碑文，只是一边听着沈元用的朗诵，一边走着，好像漫不经心。没想到等沈元用默写完了，肃王提起笔来，不仅把沈氏缺漏的十四字补了上去，还把他默写错的四五处也改了过来。然后把笔一放，说起了别的事，脸上毫无自矜之色。

我们虽不在现场，但仍不难想象出沈元用当时的心情和表情，这种心情和表情该用什么词才能准确地表达呢？放翁不愧是语言大师，他用了简简单单的两个字：骇服。这真是言有尽而意无穷。

潘逍遥[①]诗

"夜凉疑有雨，院静似无僧"，此潘逍遥诗也。

【注释】

①潘逍遥：即潘阆（？～1009），字梦空，一说字逍遥，号逍遥子，大名（今属河北）人，一说扬州（今属江苏）人。宋太宗至道元年（995）进士及第，为国子助教。性格疏狂，有诗名，风格类孟郊、贾岛。亦工词。

【赏读】

《老学庵笔记》所记之事大多只有寥寥数笔，但一般首尾俱全。整部笔记里，大概只有这一则是没头没尾的，全文只是引用了两句诗，然后指出诗句的作者。尽管笔记的写法多元，但像这样的笔记仍不见多。放翁作此惊人之笔，必有一段特殊的因缘。

原来放翁这则笔记不是自言自语，而是在回答前人的一个疑问，类似今天的回复网络留言。那么，放翁是在回答谁呢？还是那位我们经常提到的放翁的偶像——苏东坡。东坡曾作一诗，诗题很长：

> 少年时，尝过一村院。见壁上有诗，云："夜凉疑有雨，院静似无僧。"不知何人诗也。宿黄州禅智寺，寺僧皆不在，夜半雨作，偶记此诗，故作一绝。

诗曰：

> 佛灯渐暗饥鼠出，山雨忽来修竹鸣。
>
> 知是何人旧诗句，已应知我此时情。

以东坡之大才，尚不知此句之来历，只是觉得这两句写得很符合自己的心境，因此从少年开始就牢记在心。放翁先生一定是看了苏东坡这首诗，于是回答了苏东坡的疑问，告诉我们这两句是潘逍遥写的。

但放翁的回答似乎没有引起后人的注意，后人仍被这个"案子"困惑，如刘孟熙在所著《霏雪录》中也曾谈到此案：

> 东坡少时过一村院，见题壁云"夜凉疑有雨，院静似无僧"，不知何人作也。予谓似唐人语。

刘氏是元末明初人，晚于陆游，他大概没看到放翁这则笔记的回答。潘逍遥生活在五代到宋初，去唐末尚不远，其作诗风格又类似孟郊、贾岛，因此，刘孟熙推测这两句诗是唐人语气，似乎也算有些道理。

沿着这个线索继续考察，你会发现，东坡和放翁引用的其实都不是潘逍遥的原诗。放翁是引用东坡的，而东坡引用的大概是自己改写的。那么，潘逍遥原诗又是怎么样的呢？明人都穆也在其所著的《南濠诗话》中考证过：

> 东坡尝过一僧院，见题壁云："夜凉疑有雨，院静似无僧。"坡甚爱之，不知为何人作也。刘孟熙《霏雪录》，谓二句似唐人语。予近阅《潘阆集》见之，始知为阆《夏日宿西禅院作》。诗云："此地绝炎蒸，深疑到不能。夜凉如有雨，院静若无僧。枕润连云石，窗明照佛灯。浮生多贱骨，时日恐难胜。"通篇皆妙。但坡以"如"为"疑"，"若"为"似"，与此不同。

都穆似乎也不知道放翁曾在《老学庵笔记》里回答过这个问题，只引用了刘孟熙的《霏雪录》，但他毕竟给出了比放翁更准确、更完整的答案，真相终于水落石出。

世言东坡不能歌

　　世言东坡不能歌①，故所作乐府词多不协②。晁以道③云："绍圣④初，与东坡别于汴上⑤。东坡酒酣，自歌《古阳关》⑥。"则公非不能歌，但豪放不喜裁剪以就声律耳。

【注释】

　　①歌：这里作动词，指唱曲。

　　②协：协律，符合音律。

　　③晁以道：即晁说之（1059～1129），字以道，自号景迂生，宋代制墨名家、经学家。

　　④绍圣（1094～1098）：宋哲宗赵煦年号。

　　⑤汴上：指北宋都城开封。

　　⑥《古阳关》：琴曲、词牌都有《阳关曲》，苏轼有《阳关曲》词。

【赏读】

世言东坡不能歌，就像俗传李白不作律诗一样，其实李白不仅作律诗，还作有律诗中的名篇，如《登金陵凤凰台》。东坡也不是不能歌，放翁就举晁以道的话来证明东坡能歌。世人认为东坡不能歌，东坡所作之词多不协律，是因为他"豪放不喜裁剪以就声律"而已。

当然，放翁并不是在为东坡辩白，因为无论是太白还是东坡，说他们不作律诗或不协声律，丝毫没有贬低他们的意思。他们不是不能，而是不喜、不愿乃至不屑。生活中看到的，更多的是平庸和妥协，这样的不喜、不愿和不屑，是被各种框架所束缚的人们可望而不可即的。正因为可望而不可即，人们才会对那些不喜、不愿、不屑很是神往。但我们仍要感谢这样的不喜、不愿乃至不屑，使我们的精神至高处，仍留有一些可以期待的高贵。

王性之怀才不遇

　　王性之记问该洽①，尤长于国朝②故事③，莫不能记。对客指画诵说，动数百千言，退而质④之，无一语谬。予自少至老，惟见一人。方大驾南渡，典章一切扫荡无遗，甚至祖宗谥号亦皆忘失，祠祭但称庙号⑤而已。又因讨论御名⑥，礼部申省言未寻得《广韵》⑦。方是时，性之近在二百里内，非独博记可询，其藏书数百箧⑧，无所不备，尽护致剡山⑨，当路⑩藐然不问也。

【注释】

　　①该洽：博通，广博。

　　②国朝：即本朝，这里指宋朝。

　　③故事：这里指宋朝的典章制度和历史掌故等。

　　④质：质问，核对。

　　⑤庙号：古时皇帝死后，在太庙立室奉祀，专立名号，称庙号。庙号起源于商朝，为帝王专用，往往称"某某祖""某某宗"，如汉高祖、唐太宗、宋太祖、宋高宗等。

⑥御名：皇帝的名字。宋代皇室实行较为严格的行第取名制度，为了避讳，以示与宗亲的区别，皇帝即位后往往有改名的习惯，这在历代皇帝里是比较独特的。在宋高宗赵构以前，除宋太祖赵匡胤外，只有宋徽宗赵佶和宋钦宗赵桓未改名。

⑦《广韵》：即《大宋重修广韵》，是北宋时代官修的一部韵书，由陈彭年、丘雍等人奉诏根据前代《切韵》《唐韵》等韵书修订而成。

⑧百箧：泛指藏书丰富。

⑨剡山：在今浙江嵊州。

⑩当路：当局者。

【赏读】

前文录有《王仲信以书为命》故事一则，那则故事的主人公有两位：王仲信和他的父亲——王性之。王仲信以书为命，一是因为他本人酷爱读书；二是因为他父亲王性之藏书丰富，给王仲信留下了一大笔珍贵的精神遗产，才使得王仲信以身护书。

如果说上则笔记是王性之的"正传"，那么，本则笔记就可视作王性之的"补传"或"别传"。放翁在"正传"中主要是写了王性之超强的记忆力，读书五行俱下，同时也写了王性之去世后其子保护藏书之事；而在这篇

"补传"或"别传"中，放翁用互见法，除了再次重申王性之超强的记忆力是他"自少至老，惟见一人"外，还补写了王性之怀才不遇的仕途。

王性之记忆力超群，博闻强识，但放翁开篇先指出王氏"尤长于国朝故事"。所谓国朝，即本朝，也就是说，王性之对宋朝的历史掌故极为熟悉，甚至到了"莫不能记"的程度。这样的人才在国家统一、天下太平之时，或许显示不出重要性，但王性之所处的是一个极为特殊的时代。当时金灭北宋，高宗南渡，典章制度等一切都被扫荡无遗，甚至连北宋历代皇帝的谥号都被遗忘，祭祀时仅称庙号而已。因为宋朝皇帝即位后有改名的习惯，当时讨论宋高宗赵构改名之事，竟连一部《广韵》都找不到。在这样特殊的情况下，王性之不仅精熟宋代典章掌故，而且藏书极富，无所不备，但他选择隐居剡中时，当局者竟"藐然不问"。

藐然，在这里可以有两种解释：一是轻视、藐视的样子；二是同"邈然"，即茫然。无论哪种解释，都充分体现了当局者的麻木、无知、狂妄和无所作为。在遇到这样棘手而同时又有可用之人的情况下，他们竟然坐视不问，还能指望他们做什么？王性之或许也正因为看透了这一点，因此也就不再抱任何希望，带着心爱的藏书，终老于林泉之下，未尝不是一种睿智和幸福。

李白有索客之风

世言荆公《四家诗》[1]后李白，以其十首九首[2]说酒及妇人，恐非荆公之言。白诗乐府外，及妇人者实少，言酒固多，比之陶渊明辈，亦未为过。此乃读白诗不熟者，妄立此论耳。《四家诗》未必有次序，使诚不喜白，当自有故。盖白识度[3]甚浅，观其诗中如"中宵出饮三百杯，明朝归揖二千石""揄扬九重万乘主，谑浪赤墀金锁贤""王公大人借颜色，金章紫绶来相趋""一别蹉跎朝市间，青云之交不可攀""归来入咸阳，谈笑皆王公""高冠佩雄剑，长揖韩荆州"之类，浅陋有索客[4]之风。集中此等语至多，世俱以其词豪俊动人，故不深考耳。又如以布衣得一翰林供奉，此何足道，遂云："当时笑我微贱者，却来请谒为交欢。"宜其终身坎壈也。

【注释】

①《四家诗》：王安石选编唐宋四位诗人李白、杜

甫、韩愈、欧阳修的诗为《四家诗》，置李白于第四。此书已佚，故难知其所选之诗。

②十首九首：十首中有九首，指比例之高。

③识度：见识和气度。

④索客：门客，清客。

【赏读】

放翁是大诗人，也是一位慧眼独具的诗论家，著有专门的诗论著作《山阴诗话》，可惜没有传世，但他的诗论散见诗文集中，所幸还能窥其精要。《老学庵笔记》里就有不少专门谈诗论诗的笔墨，放翁以其深厚的诗学眼力，不仅发表了有关作诗的理论，还判明了诗史上的不少公案。之前我们选读的"潘逍遥诗"就是一例，本篇笔记又是一例。

李白是唐代大诗人，也是中国历史上最著名的诗人，而王安石选编《四家诗》，却置李白于最后。人们颇不解，以为大概是李白诗十首有九首写到酒及妇人。放翁就此问题做了辨析，他认为王安石之所以这样做是另有原因的。

放翁大体上是赞同王安石的，他认为李白最大的问题是"识度甚浅"，他的诗"浅陋有索客之风"。就说是，李白的见识和气度很浅，颇有门客、清客之风。他在这篇短短的笔记里，竟一口气举出了李白这么多的诗句。一方面，确实说明他是熟读李白诗的；另一方面，他举这些诗句是为了说明李白诗"浅陋有索客之风"。

世人都以为李白的诗句"豪俊动人"，放翁认为那是因为没有深究细考。从这个角度说，放翁更崇拜杜甫，所谓放翁"才兼李杜"，其实是各有偏重的：语言风格确有受李白诗影响的一面，但其大量爱国诗的思想内涵，却和杜诗更为相通，因此，也有人说放翁是老杜的异代知己。

孙少述、王介甫之交

孙少述①一字正之，与王荆公交最厚。故荆公《别少述》诗云："应须一曲千回首，西去论心有几人。"又云："子今此去来何时，后有不可谁予规？"其相与如此。

及荆公当国②，数年不复相闻，人谓二公之交遂睽③。故东坡诗云："蒋济谓能来阮籍，薛宣真欲吏朱云。④"刘舍人贡父⑤诗云："不负兴公《遂初赋》，更传中散《绝交书》。⑥"然少述初不以为意也。

及荆公再罢相归，过高沙，少述适在焉。亟往造之，少述出见，惟相劳苦及吊元泽⑦之丧，两公皆自忘其穷达。遂留荆公置酒共饭，剧谈经学，抵暮乃散。荆公曰："退即解舟，无由再见。"少述曰："如此更不去奉谢矣。"然惘惘各有惜别之色。人然后知两公之未易测也。

【注释】

①孙少述：即孙侔，字少述，初名处，字正之，吴兴（今浙江湖州）人。宋仁宗庆历、皇祐间与王安石、曾巩游。早岁尝屡举进士不中，母卒，誓绝仕进，客居江淮间，屡荐皆不就。宋神宗元丰三年（1080），除通直郎，致仕。

②当国：执政，指王安石拜相。

③暌（kuí）：不顺，乖离。

④"蒋济"二句：蒋济、阮籍都是曹魏后期人物，蒋济官至太尉，听闻阮籍才俊志高，欲请阮籍做自己的掾属，而阮籍拒之。薛宣、朱云都是西汉人物，薛宣官至丞相，欲召朱云入幕，而朱云拒之。两句意指王安石将用孙少述为属官，而孙氏不至。

⑤刘舍人贡父：即刘攽，字贡夫，一作贡父、赣父，号公非，临江新喻（今江西新余）人，北宋史学家。宋仁宗庆历六年（1046）进士，官至中书舍人。

⑥"不负"二句：兴公，即孙绰（314~371），字兴公，东晋诗人，其《遂初赋》抒发了自己隐居世外的志趣。中散，即嵇康，官至中散大夫，世称"嵇中散"，其友山涛由选曹调任大将军从事中郎，欲荐举嵇康出任其原职，嵇康拒之，并作《与山巨源绝交书》。这两句诗也

说明王安石、孙少述之交将绝。

⑦元泽：即王雱，字元泽，王安石子，北宋著名政治家、思想家、道家学者。熙宁九年（1076）卒，时年三十三岁，特赠左谏议大夫。

【赏读】

朋友有很多种，但真正的挚友、诤友却不多见，像孙少述和王安石这样"忘其穷达"的交往，则更属于凤毛麟角。读罢，感慨叹息，良久不已。

放翁以区区二百余字的篇幅，写出孙、王之交的三个阶段，同时也是三个层次和境界。在发迹之前，孙、王二人相交甚厚，王安石曾留下多首寄赠孙少述的诗："西去论心更几人""后有不可谁予规"。对王安石来说，孙少述是一个可以"论心"的人，当他有"不可"的时候，孙少述又是一个敢于规劝的诤友。孙少述的敢于规劝和王安石的勇于听劝，都是很难能可贵的。而这只是第一阶段，也只是第一个境界。

孙、王二人后来的地位悬殊：王安石贵为国相，一人之下万人之上；而孙少述屡试进士不第，后绝意仕途，客居江淮之间。谁都以为二人之交将会就此结束，放翁也特地引用了苏轼、刘攽的诗，来烘托二人"绝交"的气氛。但孙少述不以为意，既没有宣布绝交，也没有因好友做了大官而去巴结、奉承。这是第二阶段，也是第二境界。

　　等到王安石罢相，不少钻营奉承的门客早就树倒猢狲散，但孙少述听说王安石路过，火速前往造访。二人相见，孙少述根本就没提王氏宦海沉浮之事，只是慰问他旅途劳苦和其子王雱之丧。然后留请王安石，"置酒共饭，剧谈经学，抵暮乃散"。自始至终，没有一字一句谈到二人的仕途和身份。临别，王安石说："这一别，我马上就坐船走了，以后恐怕难以再见了。"孙少述说："那我就不送你了。"言毕，二人"惘惘各有惜别之色"。这是第三阶段，也是第三个境界。

　　难怪人说孙、王二人之未易测：你说他们交情浅，但他们一路走来，矢志不渝；你说他们交情深，但他们聚少离多，平淡如水。或许，魅力就在"不易测"吧！

何须出处

　　东坡先生省试《刑赏忠厚之至论》有云："皋陶①为士，将杀人，皋陶曰杀之三，尧曰宥②之三③。"梅圣俞④为小试官⑤，得之以示欧阳公⑥。公曰："此出何书？"圣俞曰："何须出处！"公以为皆偶忘之，然亦大称叹。初欲以为魁⑦，终以此不果⑧。及揭榜，见东坡姓名，始谓圣俞曰："此郎必有所据，更恨吾辈不能记耳。"及谒谢，首问之，东坡亦对曰："何须出处。"乃与圣俞语合。公赏其豪迈，太息不已。

【注释】

　　①皋陶（yáo）：传说中上古时期人物，与尧、舜、大禹齐名，"上古四圣"之一。生于尧时，曾经被舜任命为掌管刑法的"士"。

　　②宥：宽容，饶恕。

　　③三：三次。

　　④梅圣俞：即梅尧臣（1002～1060），字圣俞，世称

"宛陵先生"，宣州宣城（今属安徽）人。北宋著名诗人，与苏舜钦齐名，时号"苏梅"，又与欧阳修并称"欧梅"。为诗主张写实，反对西昆体，所作力求平淡、含蓄，被誉为宋诗的"开山祖师"。曾参与编撰《新唐书》，并为《孙子兵法》作注，另有《毛诗小传》等。

⑤小试官：参详官的俗称，知礼部贡举的属官。

⑥欧阳公：即欧阳修。苏轼省试在宋仁宗嘉祐二年（1057），时欧阳修知礼部贡举，主持考试。

⑦魁：为首，居第一位。

⑧不果：没有实现。指苏轼未中省试第一，省试第一的是另一位名家曾巩。省试后还有殿试，中殿试者称进士，分为甲、乙两科，苏轼中乙科。

【赏读】

凡作文作诗，出处很重要，作者是否博学多识，由他笔下的文字是否有出处可窥一斑；但如果只是一味讲究出处，那到头来也不过是一个两脚的书橱。出处过多，人或讥其掉书袋；出处太少，甚至通篇没有典故，则又缺乏说服力，被指为学养不够。

但也有些人，不仅学富五车，而且才高八斗；不仅能引经据典，也能推陈出新。更令人叹服的是，他的原创可以使人不信其为原创，以为必有出处，达到了以假乱真、虚实难辨的境界。听起来，这就像是一个传说，但就有人具备这样的神来之笔，比如苏东坡。

　　苏东坡已经是我们选读中的老朋友了，不是笔者刻意为之，实在是因为放翁崇拜东坡，故东坡经常出现在他的笔下。在《世言东坡不能歌》一则中，我们已经说过，东坡并非不能歌，他是不喜、不愿乃至不屑。

李廌遇东坡而不第

东坡素知李廌①方叔。方叔赴省试，东坡知举②，得一卷子，大喜，手批数十字，且语黄鲁直曰："是必吾李廌也。"及拆号，则章持③致平，而廌乃见黜，故东坡、山谷皆有诗在集中。

初，廌试罢归，语人曰："苏公知举，吾之文必不在三名后。"及被黜，廌有乳母年七十，大哭曰："吾儿遇苏内翰④知举不及第，它日尚奚望⑤？"遂闭门睡，至夕不出。发壁视之，自缢死矣。廌果终身不第以死，亦可哀也。

【注释】

①李廌（1059~1109）：字方叔，号济南先生、太华逸民，华州（今陕西渭南华州区）人，北宋文学家。少孤，能发愤自学。以文为苏轼所知，誉之为有"万人敌"之才，成为"苏门六君子"之一。中年应举落第，绝意仕进，定居长社（今河南长葛）。

②知举：即"知贡举"，这里指主持省试。

③章持：当作"章援"。章援，字致平，北宋名臣章惇四子，苏轼主持此次省试时，拔为第一者为章援，其兄章持名列第十。详见罗大经《鹤林玉露》，放翁盖有笔误。

④苏内翰：唐宋时指翰林，苏轼为翰林学士，故称。

⑤奚望：何望。

【赏读】

一千多年的科举考试史上，曾发生过许许多多的故事。这些故事在今人看来，不过是茶余饭后的谈资，一笑而过，但对当事人而言，那可是关乎仕途前景的大事。科举成败的意义，对于当事人及其家庭，甚至对于当时的政局，都会产生或大或小的影响。但世界上没有绝对公平的事，科举史上那些第或不第的有趣之事，多少都反映了看似公平的科举考试里其实有许多的不公平。放翁自己就曾在科举考试里两次遭到秦桧的陷害。

读者大概还记得我们曾选读《何须出处》一则，说的是苏东坡自己考试的故事，而这则故事是苏东坡作为考官的故事。两则故事对看，颇有意思。东坡在考场上发挥得很好，主考官欧阳修和小试官梅尧臣都为他的答卷称奇，但东坡在省试中并没有得第一。至于为什么没有得第一，放翁没有说明，他的好友、同为南宋"中兴四大诗人"之一的杨万里在《诚斋诗话》里却做了回答：

> 欧阳（修）作省试知举，得东坡之文惊喜，欲取为第一人。又疑为门人曾子固之文，恐招物议，抑为第二。

欧阳修看到苏轼的卷子，以为是自己的门生曾巩写的，想把他取为第一，恐招来议论，因此置于第二。此说并非杨万里首创，始见于东坡之弟苏辙所作的《东坡先生墓志铭》：

> 嘉祐二年，欧阳文忠公考试礼部进士，疾时文之诡异，思有以救之。梅圣俞时与其事，得公《论刑赏》以示文忠。文忠惊喜，以为异人，欲以冠多士，疑曾子固所为。子固，文忠门下士也，乃置公第二。

这些话看起来颇有些"小说家言"的味道，但无论其是否可信，都反映出科举取士存在一定程度的主观性。没想到，这样主观性的悲剧，在东坡做主考官的时候又重演了一遍。欧阳修拿到苏轼的卷子，以为是门生曾巩的；而东坡也拿着别人卷子，以为是自己的门生李廌的。

李廌少以文为东坡所知，与秦观、黄庭坚、张耒、晁补之、陈师道并称为"苏门六君子"。就像当初欧阳修称苏轼"他日文章必独步天下"一样，东坡称李廌有

"万人敌"之才。当东坡拿到那份卷子的时候，与其说是他确认出自李廌之手，还不如说他希望、期待出自李廌之手。而这种希望和期待，往往迷惑了当事人，使他们模糊了想象与事实之间的差距，悲剧就这样发生了。

图书在版编目（CIP）数据

陆游小品／（宋）陆游著；张真注评. —郑州：
中州古籍出版社，2020.12
（唐宋小品丛书／欧明俊主编）
ISBN 978-7-5348-9532-6

Ⅰ.①陆… Ⅱ.①陆… ②张… Ⅲ.①小品文-作品
集-中国-宋代 Ⅳ.①I264.4

中国版本图书馆 CIP 数据核字（2020）第 239611 号

陆游小品

选题策划：梁瑞霞
责任编辑：吕　玲
责任校对：刘丽佳
装帧设计　书籍/设计/工坊　刘运来工作室

出　版　中州古籍出版社
　　　　　地址：郑州市郑东新区祥盛街 27 号 6 层
　　　　　邮编：450016
　　　　　电话：0371-65788693
印　刷　河南新华印刷集团有限公司
版　次　2020 年 12 月第 1 版
印　次　2020 年 12 月第 1 次印刷
开　本　787 毫米×1092 毫米　1/32
印　张　9 印张
字　数　180 千字
定　价　48.00 元